YILUXIANGSHANG

卡瓦格博系列丛书

一路向上

德钦县文联　编

人狼格　陈见坪　高晓涛　白郎
阿珂东子　汤世杰　章忠云　著

民族出版社

抚今追昔，放眼未来，
用心用情讲好
梅里雪山动人故事。

中共迪庆州委副书记、德钦县委书记张卫东 2017.9

卡瓦格博系列丛书编委会

一路向上 人狼格 1

雪山的色彩 陈见坪 54

梅里读山 高晓涛 75

茨中，西藏门槛处的蓝桉 白郎 98

行走的音符 阿珂东子 112

绒赞卡瓦格博 汤世杰 150

阿东，被淡出朝圣古道的村庄 章忠云 184

编后记 229

一路向上

人狼格

整整三天，我都是恍恍惚惚的，没有写下一个字，坐下、站起，又坐下……尔后干脆做了些与写作无关的事。

终于在瞬间的清晰中很突然地写下：一路向上！

在这突然来临的四个字中，我明白，走向德钦、走向西藏盐井是一次禅旅。成熟的禅宗是否定坐禅的，认为坐中无禅，应在行中去觉悟。《易经》也说：“天行健，君子以自强不息。”意即宇宙是一个行走不息的大生命，人作为这个生命体中的小生命也只有在行中才能自强、益寿。禅宗弃坐求行，《易经》也认为行是生命的根本。这一路向上，我发现“行”就是文化，文化就是“行”；这一路向上，也让我明白了中国古代的精神创造者为何总是栉风沐雨地飘逸在崎岖的山水间。

“一路向上”四个字充满了禅意，而现实的德钦、盐井毕竟也是一路向上才能够抵达，故此，这条路上行者蜂拥有太多的理由，行人寂寥也有足够的理由。它毕竟也是一个心灵的高度，所以我是要远离一些对它俗气的诱惑描摹。在我的眼里，德钦是下半身入世、上半身出世，所以，其本来的凸凹与明暗已经足够显示它的平常与神圣了。

“为了追根溯源，一个人变成了螃蟹。历史学家向后看；最后他也想向后信仰。”尼采在精神失常之前，异常清醒地喃喃独语着。我想象着他布满血丝的眼睛盯着一条蜈蚣从天空爬下来，钻进德国东部的一个乡村里去了，那年他 44 岁。

假如命运让他在历史的资料堆里淘一些米来生活，他也许会失去一些过剩的飞翔之感；如果在他命运的旅途里多一程一路向上的禅旅，他也许就能越过精神荆棘的最后荒野。

我比尼采幸运。我感谢命运，在那一年的秋冬之交，自己像一只螃蟹，在史志的办公室，试着向后信仰，并一路向上，满怀虔诚地忠于它的平常与神圣去抵达天地的交接点，还看到了天空的河床里安睡的最后的婴儿们……

第一章　奔子栏　一个像大雁一样远飞的名字

沧海东移的时候，湍急的水浪带走了更为远古的植被。山，瘦瘦的，风带来的、鸟播下的种子都没有变成树木，丰满起来的，是奔子栏人心中的神话。

秃秃的山散发着不能生育的女人所特有的哀怨。阳光普照，细雨绵绵，奔子栏人用更加鲜活的神话点缀着山的眉目。他们说，自己背靠的不是青山，而是系着金腰带的富山，并说曾下过金雨。

其实并不是下金雨，但山麓确有一层含金土。曾在这里盖房的有户人家，在筑好碉房的当夜下了一场滂沱大雨，翌日到屋顶查看，发现泥沙冲走后留下了许多碎小的金块。

奔子栏人坚信，属于自己的会是流金岁月。

他们心怀崇敬、频频祭拜的是然尼巴乌都吉神山。然尼巴乌都吉神山有姿色出众的妻子——巴拉更宗雪山，这是香格里拉县境内海拔最高的一座雪山。但是然尼巴乌都吉和卡瓦格博的妻子缅楚姆爱意缠绵，于是巴拉更宗想让金沙江冲毁敬奉然尼巴乌都吉的奔子栏，并将缅楚姆隔在西岸。故此，他放出一头黄神牛堵在江中，想让江水从西边流过。

岂料，然尼巴乌都吉派一匹绿神马横挡在西边，江水拐一道弯后，依然从东边流过，奔子栏毫发未损。缅楚姆还是与然尼巴乌都相对，一切依旧。蜜蜂飞起来了，蝴蝶落下去，时光还是那样灿烂着。

当地藏民每逢正月初五、初六都要朝拜神山。天不亮就要出发，男的要到山顶上煨桑磕拜、更换经幡；女的只能到山腰，在那里绕山转经，其中久婚未孕的则到硕壮的然尼巴乌都吉阳具下求子。

奔子栏是饱经沧桑而变得睿智起来的一小片土地，它有很理性的人文语言能力。茶马古道有“起于唐兴于宋”之说，奔子栏是古道上的一个重要驿站，一个由伐子摆渡的重要口岸。历史上有三处专让马帮打野休息的坝子，故奔子栏一词应解释为“美丽的沙坝”。现在有人认为“贡子栏”更为准确，按此发音则应解释为“乐园”。我认为怎样解释已经无关紧要，这个名字已随茶马古道，像飞翔的大雁远播四方了。这里出来的赶马人是最能干的，一个马脚子能管八九匹马，甚至多达十五匹，故此，大商号们都愿意雇这里的马脚子。奔子栏居民在商贾间常常是以中介人及公证人的角色出现，他们虽然没有靠中介费发家，但作为一个大驿站，这些角色是不可或缺的。

茶马古道，匪情四伏。端着古道饭碗的商贾们给奔子栏人注入了极强的防卫意识。所以，奔子栏是迪庆历史上不多的没有匪患的地方之一，它得益于“雪山为城，金沙为池”的守护，但更重要的因素是家家户户均装备有精良的武器。

奔子栏人较早地远离了游牧的生活，他们早已脱下厚重的袍子，穿上便于劳作的轻装，挖过矿、淘过金，也种得一手好地，并做着精细的工艺活；他们既有农耕文明的理性、务实，也有商旅文明的精明、冷静。

今天在许多德钦人的眼里，奔子栏人是“大大的狡猾”。

事实上，我觉得迪庆的先民们并不会完全是“日出而作，日落而息”的状态，奔子栏人也不是。由石棺墓出土文物考证，迪庆早已是南北民族的通道了。现在甘孜藏族自治州的丹巴、丽江的泸沽湖、迪庆的奔子栏、尼西、塔城一带，可能与历史上的“东女国”有着直系血脉。但这是民族学的学术范畴了，本文暂无深触之笔力。

人类是文化的产物，不是由血缘决定。奔子栏的混血文化注定了它的亮丽。从服饰、歌舞、工艺等不同角度切入，我们都会感到它已经走出了“纯粹”或“正统”的刻板，透出一种轻灵、多层次的文化驾驭能力。

从服饰言之，女装色彩轻明，光艳夺目，很能托起女人的秀美。

其选料大都昂贵，一套价值一万多元。一对古老的绿松石耳环于耳垂下的香腮边晃悠着，雍容方态的“卓农”百褶裙，一派典雅中流动着女性的柔暖。“卓农”是纳西裙的意思，纳西族穿黑裙子的居多，香格里拉东坝村的纳西族也穿白裙子。奔子栏女子穿的是白裙子。传说文成公主到奔子栏后梦见自己的母亲去世，于是学纳西族做了一条白色的百褶裙穿，以示纪念。上身为长袖内衫和大襟锦缎坎肩，坎肩领口和襟边、下摆镶有锦缎。奔子栏人的坎肩做工最为精细，维西塔城一带的藏族每家都要购置一件奔子栏人制作的坎肩。男子服饰与德钦各地的基本相近，但在历史上不穿镶边为兽皮的楚巴，视身着镶边兽皮服饰的为不开化的人，特别在跳舞、吉庆活动的场合里更为禁忌。舞场内不能带刀。所以，奔子栏的服饰观念对保护生态无疑是具有积极意义的。

“食色，性也”，饮食与修身养性的关系在儒、道、佛里都有非常深刻的演绎，食与色、性密切相关。《心经》里说：“无眼耳鼻舌身意，无色声香味触法。”

奔子栏的饮食是一种心境、一种情怀、一种态度。牛奶、奶渣象征着吉祥，像洁白的哈达，喻示圣洁，寓意祝福；干琅片视为菩提树叶、糯米粑粑视为菩提树的吉祥果；麻花象征吉祥结。总之，摆到餐桌的每一道菜就是一个祝福。迪庆藏族中有青稞是小鸟带到人间的传说，奔子栏人吃糌粑的过程就充满了对小鸟的感恩。中指搅拌炒面时，翘起的拇指、食指、无名指、小指喻为小鸟飞翔时的翅膀，中指象征衔着青稞粒的鸟嘴。糌粑团的头为小指一端，由头开始吃，这样既有捧着吃的敬意，又能防止面屑的掉落。他们就这样让这棵生活之树的根扎在自己心灵的净土里，尔后，不断地在枝叶间收获着浪漫的果实。

奔子栏现在依旧保留着抢婚的习俗。传统沉在村庄的屋基下，只能驮一些情卦歌词回家的小马驹都踏到了一种亘古的厚实，这些一个个古老的村庄才是真正的艺术人生的开端和落幕的原乡。

抢婚有几种情况。一种是年轻人已相恋相爱，而女方家长不同意，于是，男方让家里的人准备好，再与恋人约定时间，将心上人“抢”回家。女儿被“抢”后，父母会对生米已成熟饭表示默认，做出让步；如果实在不乐意，则会执意将女儿带回。另一种抢婚，是男方将自己爱慕的姑娘在夜里乘其不备将她抢走，这是真“抢”。但如姑娘对男方不中意就会坚决不从，如果基本满意就会留下。“抢”来的姑娘先“寄”在邻居家里，待鸡鸣后再将其带回自己的家。抢婚后，女方家人尚未起床，男方家就要请上本寨最有威望且能说会道的人前去说情。女方家如同意就会收下带去的礼酒；如果拒不收礼，说明女方父母绝不同意，这次抢婚就以失败告终。

奔子栏只是一个不起眼的小镇，它和其他朴素的村庄没有更多的差别。沉默的时候孕育民歌，相聚的时候创造爱情，秋波、秋水、秋天已经把每个人一生的镜子擦亮，我们都有机会像圣人般平静地看着自己的背影从村口走过。“奔子栏”这三个字是这个平淡的村庄里一双双布满厚茧的手像打磨木碗一样打磨出来的。

西藏的民歌里唱道：世上最美的碗／是奔子栏的木碗。廖东凡先生在文章里说，在西藏，父子不共碗，母女不共碗，兄弟不共碗，夫妻不共碗。他们总是把自己的碗包好揣在怀里，甚至一无所有的乞丐也必须有一只木碗，否则他讨不到饭吃。故此，在西藏，奔子栏产的“擦呀”木碗，一个顶十头牦牛之说。

历史上，司普拉家是奔子栏最早上土漆的工匠，并且手艺传男不传女，后来发展到四家。房屋彩画是司普拉家家传的手艺，过去整个康区的富豪家都会请他家做土漆、彩绘。布达拉宫在第二次维修时，奔子栏画匠都进了西藏，我的同学那烈的外公也去了。当时对所有工匠的酬劳是一对瓷碗，据说这碗能将冷水变热、将热水迅速变凉。但最后一对碗，也在20世纪70年代末80年代初，也就是改革开放前，被外地人买走了。

奔子栏木制品的图案和用色都有讲究。俗人一般用雕龙的折桌，高僧则用麒麟图案；俗人用的器具多为金色做底色，活佛、贵人则用黄色。一般不用黑、红做底。僧人的木碗大一些，底座有两层，尼姑为单层；男人的底座高，女人的底座矮。最好的木碗是“格早”，为蒿枝根瘤。据说，抛光手艺高的格早木碗可在黑暗中发光，在王达仁与扎西尼玛二位合著的《走进心中的香格里拉》一书中，将王翰《凉州词》中的夜光杯和香格里拉奔子栏木碗做了大胆的关联。当然我是觉得有些牵强，但他们不是在做史学专著，故这种关联也不乏诗意的想象。

在奔子栏人看来，没有歌声和舞步的生活，就像穿楚巴没有腰带，这日子是不能过得贴实的。人是一拨一拨地老了，但锅庄的仪轨还是完整如初，茶歌、酒歌也没有被彻底忘却；无伴奏伴唱的锅庄舞在夜幕中，还是跺得很齐，跳起来上身飞腾、下身坠地的神韵还很足。如今文化站里阿楚的锅庄队跳到了日本、马来西亚……

阳光明丽，一位老人靠在一棵黄果树上，看着自己的家门。正午的秃山虽吐出一些闷热，但涌上老人心头更多的还是宁静、幸福，我在模模糊糊中听到老人说了一声：呀呀。

第二章 东竹林——一朵飘而不轻的精神云彩

临近东竹林，沿路上下遍布扁柏，芬芳的沟壑顿觉灵息充溢。只要略有些宗教常识的人，马上就可以联想到祭祀、节日、建筑等，以及迪庆人相关的许多生活细节。

据我所知，迪庆有四种煨桑用的青叶，其中扁柏叶是首选。迪庆的各民族都把它视为圣洁的象征，初一、十五的煨桑离不开它。过年时，将用香叶插在大门的两边，并插在花瓶里供奉在神龛上。纳西族也把扁柏木视为做神龛的上等选料，有的用香木雕成佛像。纳西族还喜欢用它做寿木，认为香木做棺椁，不仅死者得以安息，而且后代也吉祥顺利。当吃斋念佛的老人离世时，有的人还将三小片檀香、三颗枣放在死者的手里，让其握紧。纳西族的许多民歌也是以香树香叶为内容，叙事长歌《祭香》《鱼水相会》等民歌里，就是不断地将香树香叶作比拟进行演唱。纳西族还忌讳将香柏树栽在房前屋后秽气浊重之地，只能栽在香烟袅袅的庙宇四周，否则有“绪余绪大余，绪余茸莫余”，意即“香树活了，种树人死”。认为香柏树栽在不洁净的地方是罪过，所以待香柏树高过种树人的时候，种树的人就会死。藏族在修建寺庙时，也会将大量的香柏树做建筑选材。故此，在迪庆各民族的眼里，香柏树是满含绿色文化汁液的生命体。

东竹林寺就在长满清香四溢的扁柏的坡上，我虔诚地叩开了德钦人与神之间的第一道大门。

《迪庆宗教志》里写道：东竹林寺原为噶举派寺院，名“冲冲错岗衮”。建寺时间亦在丽江军民俯孙诺洛丹（木增）时期，即 1574 年左右。到 1667 年时，有僧侣 16 人，寺院已初具规模。

1674 年参加了以中甸嘉夏寺为首的噶玛派僧人反抗蒙番联军扶持格鲁派而挑起的战乱。失败后于 1677 年被强令改宗格鲁派。更寺名为“噶丹东竹林”，意为成就二利（利人利己）。

1957 年，有活佛 9 人僧侣 564 人。“文化大革命”期间全寺被毁。后由人民政府资助迁至书松村南面的永干顶重。

东竹林寺的原址是在书松行政村西南方的山腰上。从 1574 年左右建寺至今，大约在 400 年的时间里，经历了改宗、毁灭的劫难。对于一个古建筑来说，迁址也是颇具悲壮感，可以说是一次灭顶之灾了。

历经劫难后的微笑变得更加深邃了。一劫一难一沧桑，它就像一个精进不止的苦行僧，一次比一次豁达地站立了起来。改宗时仅有僧人

16 位，新中国成立初期已达 1000 多人。历史上东竹林寺、德钦寺、红坡寺都是噶举寺院，红坡寺为母寺，其他两寺为子寺，三个寺院僧人的银饷都由红坡寺发放，“红坡”藏语意为“银饷”。在当地人民政府有关部门和群众的努力下，诸活佛率众僧克服重重困难，寺院也拔地而起，声誉大增，现有僧人 500 余名。

不管你以任何迥异的文化背景来审视东竹林的兴衰，都会陷入久久的沉思。在这片有些贫瘠的土地上，人们绝不会堆积着吃不尽用之不竭的财富，但他们一次又一次地重建着自己的精神天堂，面对物质体现了一种极度的理性，把艰难生存的一生当作精神哲学的实践。

东竹林寺的执事僧桑结次仁父子曾倾三世所积的财物以作供养。自五世达赖赐名“噶丹东竹林”之后，该寺与西藏的宗教上层保持了密切的联系。康熙五十九年（1720 年），七世达赖喇嘛坐床；1757 年，七世达赖喇嘛圆寂，该寺几乎每年一次或几年数次地去朝拜献礼。1737 年 7 月，该寺的喇嘛扎西德勒还向七世达赖喇嘛写信祈赐《从根本破斥我执的教诫》，七世达赖喇嘛以道歌形式撰写了赐文。

七世达赖喇嘛圆寂后，清乾隆皇帝让第穆呼图克图（蒙古语，意即活佛）阿旺绛边德勒嘉措暂时担负起达赖喇嘛的一切事务，并赐其

“执掌黄教吉祥诺门罕”的称号。1761 年 11 月，皇帝敕谕恩准达赖喇嘛转世灵童在布达拉宫坐床。这时集土官、东竹林寺执事僧于一身的桑结次仁便立即决定前往拉萨朝拜庆贺。父子俩召集有关僧俗人员，打点好自家及寺庙的贡礼，选好能驮能走的数匹骡马，在一个择定的吉日里出发了。他们一路风餐露宿，日夜兼程，于 1762 年的水马藏历新年到来之际赶到拉萨。满怀喜悦，但是一打听，才知坐床时间是 7 月 10 日。此时，八世达赖喇嘛灵童还供养在聂塘德瓦坚寺。桑结次仁一行遗憾地在拉萨度过了这个特殊的水马藏历新年。离坐床还有数月时间，他们不便长时间逗留在此，于是便决定朝敬第穆呼图克图，并请他转达东竹林寺及奔子栏僧民对新达赖喇嘛的崇仰之情。在正月十一日的“默朗钦波”大法会这天，桑结次仁正式宴请了摄政第穆呼图克图，向他敬献了祝寿礼品，其中有 20 包铜料，各包有 60 块。在藏族的生活里，寺庙建筑、佛像制作、法器制作、生活用品等都离不开铜料，故这在当时已经是极其丰厚的大礼了。父子二人还向众僧云集的大法会布施了薄礼。

他们在拉萨朝佛敬香、施舍财礼、打点祈愿，该做的都做了，该拜访的都拜了，就用哈达包好第穆呼图克图回赐的宗喀巴镀铜佛像、七世达赖喇嘛镀金铜像等珍贵的礼品，踏上了茫茫归途……之后，父子俩频频朝供，致使东竹林寺、奔子栏一带区域（当时这一区域藏文称为“姜域”）在西藏颇有知名度。当时色拉寺的绷波康参，主要招收来自巴塘、中甸、德钦、木里、乡城等地的僧人，但因这一康参的僧侣中大部分是东竹林寺的，故也称为“奔子栏康参”。

东竹林寺的生灭起落，僧侣的无尽跋涉使我再次想起了一句印度乞丐的话：“我现在的行乞是在履行我的达摩。”

达摩的梵文意是“业”“行为”，这是婆罗门教因果业报的人生理论；而达摩则是因果业报的行为规范。寺庙与僧侣不也是劫难和跋涉来实践了他们的达摩吗？不也是在劫难和跋涉中严守了他们的达摩吗？

当我站在大殿里仰望整墙整墙的壁画时，感觉虽然缺少了一种古寺壁画年深月久的厚重苍茫的叙史感，但是又多了一些古寺壁画里没有的宇宙、地理等概念，乃至让人感觉从神话往自然科学靠了一些。整个壁画，在我这个缺乏佛教经典常识的人看来，它在辽远、深邃、飘渺的光风霁月里也透出明晰可辨的轮廓。扎西尼玛请了一位年轻的喇嘛解释了一些壁画的内容。年轻喇嘛解释一幅浪花激荡的壁画：这是在表现我们的世界原本一无所有，一切都是来自海洋。这与现在的人类起源海洋说相近。在左太阳、右月亮的壁画中，月亮里的吉祥树是世界地图状的；

世界曼陀罗画有五个洲的划分……喇嘛还指着另一部分的壁画说那是吕界，也就是人界，作为人类生存的吕界是最幸福的，但吕界易暴易怒，随时有毁掉一切的可能。

我想，作为人类的一分子，走进东竹林寺的每一个人，记住这句话就行了。

记住这句话去走自己的人生旅途，你至少已一半成佛。人道是地狱的入口，也是天堂的入口，这就看我们怎么选择了。

走出大殿，绕过厚厚的院墙回到了公路上。小间小间的僧舍零星地蹲伏在主殿的四周，扁柏在僧舍间的空地上密密地生长着，没有一间僧舍开着门。这是佛土净地，但我一凡夫俗子，面对这过分的寂静，我身陷在偌大的建筑间，还是感到了一种空落。

东竹林寺与其他大寺不同，它不设康参，而是在各地建立安吹，共有 7 处，僧侣便可以在近处的静修点静修，这也更有利于精进。平时，僧侣相聚不多，只有藏历 8 月 20 日的掌坛师换届之时才大团圆。

据我所知，在西藏，许多大寺的附近必有尼姑庵。在迪庆，尼姑庵极少，解放前就只有 3 所。我对尼姑的接触很少。迪庆藏语称尼姑为“觉姆”，意为“佛母”。尼姑可分为两大类：一类住寺，要剃发、穿无袖红上衣，有学位等级，最高可达“格西”；另一类是居家尼姑，她们独自学经修行，不结婚，也剃发。居家尼姑在家庭中有较高的地位，全家人都愿意把家庭的经济支配权交给她，让她管家。过去，住寺尼姑除了持守藏传佛教的一般戒律外，还不得与陌生男人见面谈话，落日后自己的男性亲属亦不得见面。

据说，书松尼姑庵坐落的山头像大象的头，但我们在穿过书松村上山的小道上，怎么也看不出来。倒是高坡上的寺颇有些气势，我想象很有雄性感的墙体内有着慈悲安详的佛母面容。在我看来，一个落发为尼的女人，首先是一个心灵犀锐且灵秀之人，尔后才会在悟空一切中安顿下这颗易伤易痛的心。所以，我始终先入为主地断定着尼姑的身上最易读到的是转识成智和超凡入圣之高境。

我曾在一些资料里看到，密宗的修炼中，女人往往能进入最高境界。它正好佐证了我对尼姑先入为主的感受。

当我跨进大门时所见的并没有出乎意料，也不在意料之中。依我对尼姑的世界的认知只是停留在略知与未知的界点上，揭下这层薄纱，看见了这一面却又看不到另一面了。

和金碧辉煌的东竹林大殿相比，尼姑庵显得简陋了些，却多了一些生活的温馨。在靠山的一面，新建了一栋由香港一个基金会捐助的生活用房，就像一般的民居。从大部分经年失修的房屋可看出尼姑的一种边缘位置，可作为佛子，她们是明达的。一个真正开悟的佛子，他们的心里并不存在所谓的“边缘”和“中心”，把事物分成主流与边缘是俗世的名闻利眼所致，是烦恼的根。佛眼只看善恶，佛心众生平等。

尼姑们刚好吃过午饭，正在楼层的走廊上享受着当顶的阳光，11月的书松已有寒意了。扎西尼玛、高华和我三人坐下来和师傅们聊天。我靠在护栏上，目光搜寻着比谈话内容更值得记下来的东西。

交谈中得知，原来的尼姑庵在西南面的山坳中，那里缺水，冬天最冷的时候日照时间也最短，几乎整天都看不到太阳。东竹林寺迁移后，尼姑庵就搬了下来。现有尼姑 100 余人，住庵的有 80 余人。宗教事务受东竹林寺活佛的指导，具体事务则由老尼管理。农忙的时候，尼姑回家帮忙，庵里有佛事活动时回庵；东竹林寺掌坛师节法会时，她们会义务前往帮忙料理饮食事宜。尼姑们擅长缝纫，平时缝制宗教用品、纪念品，在法会节时展卖，作养庵费用。

当我们问及一些修习法门时，老尼介绍说，历史上也出现过道法和米拉日巴相当的尼姑。她们平时多以磕长头修千手观音。每年有一段时间进行斋戒，几日进一餐，这期间大部分时间用来静心修持。

在我们的请求下，老尼给我们打开了塔白林正殿。“塔白林”意为解脱寺，是由东竹林寺水边活佛所赐的新名。因它是东竹林寺的旧址，故殿内的大部分壁画都是悠久的珍贵壁画。左墙共有 5 幅壁画连成，有 9 处修补新痕，时间较长的几幅壁画还拉了护帘。第五幅是 11 位成就者的宫殿图。其中有一觉悟者是颂“六字真言”成道的，他没有精通的佛学理论，这喻示了一切唯心造的佛道。靠南面的墙上供养了超度佛、祥巴佛、宗喀巴、千手观音等佛像。以法轮为座的那尊佛是这里独有的，在其他寺里看不到。右墙的壁画由 5 幅组成，其中，《香巴拉战争图》和《本地山神图》也是这里独有的。《香巴拉战争图》被精通香巴拉理念的画师进行了充分的发挥想象，与其他地方的《香巴拉图》和《香巴拉战争图》有许多明显的区别，战争的场景也根据画师对现代战争所掌握的常识进行了内容扩充，武器也发展到了大炮。

早在 16 世纪，雅目王 · 吉达王子，用藏文创作了一部史诗，描述了前往香巴拉的奇妙旅程，讴歌了香巴拉美丽的景致和崇高的境界。1775 年，六世班禅根据《大藏经》中的经典，写了一部通俗的《香巴拉王国指南》，把内容分成了前往香巴拉的路途、香巴拉王国的景况、香巴拉的历史和预言三个部分，把13世纪编撰的《大藏经》中记载的香巴拉王国更形象化。而现在的这幅战争壁画已更加大胆地发挥为视觉形象了。其实，在许多叙事性的佛经内容壁画中，我早已发现，很多画师会根据自己的知识积累进行了再度创作，所以从某种意义上讲，每个寺院的壁画都是自己独有的。东竹林寺的世界结构图、佛教的宇宙结构图等都是在对世界的共性认识中强烈地透着画师对世界的个性认识。

离开尼姑庵，擦得光可鉴人的塔白林地板，总让人冒出一些有关女人的思索。东竹林寺驻在这里的时候，有风水不好的争议，僧人走了，尼姑便严丝合缝地住了下来，依旧心如止水地修行着。女人天生柔弱，她们拿不起就放下了，尤其尼姑，悄悄地把整个世界都用落下来的青丝盖在了自己的身后。而拿不起的男人往往也放不下。

我亦如此，下到公路了，必须把头抬得很高才能看见尼姑庵了，可我依然在仰望。

……

要自然永久地抓住人类的目光，说难则难，说易也易，特别是随处可见的山更是如此。“山不在高，有仙则灵”，这仙就是人文意义。

一座具有人文意义的山，哪怕只是一个小山丘，也会把人的思绪缓缓留住。与一直被宠的一些名山比较而言，白茫雪山更像一个韬光养晦的圣人。它在属于自己的一个高度上宠辱不惊、性慧如盘，悄悄把你送上一个高度，不知不觉，你翻过了海拔4230米的贡卡丫口，这是云南省所有公路中的最高海拔点。没有你想象的突兀崎岖，就把生命送到一个高度，只有道法皆深的佛才能如此平易地度人。

也许我俗了，但我就是愿意把它看成圣贤。孔子曾问学生：天说什么了？是的，天什么也不说，白茫雪山也无声无息。大音稀声，可说的太多，反而什么也不说了。它是杜鹃、报春、龙胆、马先蒿等植物的分布和分化中心。此外，乌头、翠雀、铁线莲、银莲花、桂竹香、岩梅、雪莲等数十种植物是本景区瞩目的高山花卉。国家一级、二级重点保护的动物有金雕、胡秃鹫、斑尾榛鸡、雉鹑、藏马鸡、滇金丝猴、云豹、雪豹等近30种。1890年，法国人索和被尔特到白茫雪山地区采到7只滇金丝猴的标本。1897年，法国动物学家米尔思·爱德华将其命名为“滇金丝猴”。20世纪30年代至40年代初，美国探险家约瑟夫·洛克也到此采集过动植物标本。1933年以前，至少有51位外国人考察过迪庆，这些大部分考察人员都到过白茫雪山。乔治·佛雷斯特是英国爱丁堡皇

家植物园采集员，他在 1905 年至 1931 年，9 次进入迪庆境内，跑遍了哈巴、白茫等大雪山。他所采集的 100 余种新发现的杜鹃花中，有一半是在白茫雪山和哈巴雪山上采到的。他把这些种子引种于英国庭院中，每年四五月的花期，引来无数观赏者。另一位英国植物学家金敦·瓦尔德，在 1911 年至 1922 年间三次进入迪庆境内，在白茫雪山发现了很多杜鹃新种，珍贵的黄杯杜鹃和海绵杜鹃就是他首次发现的，因此黄杯杜鹃就命名为“瓦尔德杜鹃”。

白茫雪山也无声无息地承受了始自 1972 年的那场灾难。三个林业局开进迪庆，来自全国各地的大卡车在这里排成长龙，千年古树倒地的震颤破碎了它的五脏，白茫雪山林区被采伐的森林面积达 16000 余亩。多年后它像个秃顶的老人，静静地坐在那里沉思着，依旧什么也不说。

千古事，俱往也。有些事也不应让它消失在人类的记忆里。

1983 年，国务院把白茫雪山划定为国家级自然保护区。人类从操纵自然的神椅上走了下来，重新审视自己。

离白茫雪山垭口一公里左右的珠巴洛河边有个大石头，远远望去，就像老鹰栖落其上，霞若人把它当成珠巴洛河神。珠巴洛河是德钦最大的河流。在采访中，我听到一个故事，是白茫雪山自然保护区内的霞若乡石茸村早坡社的奔玛奇家发生的事。在放养的猪回家时，一只小猕猴骑在母猪的背上来到奔玛奇家，和家人一起住了七八天。小猕猴特别喜欢奔玛奇，如果家里发生争执，小猕猴就会站在奔玛奇这边，向另一方以各种神态表示强烈的不满。后因小猕猴在家里到处跑着玩火，被白茫雪山自然保护局带走了。

我很感兴趣这事，也觉得非常有新闻价值及人与自然和谐的现实价值，所以想进一步去了解，但仔细一想我还是放弃了。我更愿意让这个故事保持在实与虚之间的神话位置，它毕竟是人与自然之间透出的光芒，这一缕光必须弥漫着神话的七色釉彩。

2000 年，我在香格里拉参加天界神川旅游资源考察，到三坝纳西族民族乡，时任乡长的和尚礼为我们在白水台组织了一次简短的祭祀仪式。水源边的煨桑台上香烟袅袅，老东巴和志本吟诵着经文，大家都虔诚地双手合十祈愿着。这时我突然发现，在我们考察队伍里一个旅游开发公司负责人的脸上，写满了蔑视。作为一个纳西人，他的“笑容”刺伤了我的文化自尊，同时也引起了我的忧虑。仪式完毕后，我特别向他重申了两次这种人文理念对自然生态的现实意义。但他根本不在意人文生态与自然生态的这些血肉问题，而是把全部的心思都放在了旅游开发的投入与回报的思量上。如果我们没有对自然神的崇拜和敬畏，这些神山圣水早已荡然无存。一个漠视与自然相依为命的人文文化的人，他的开发必将是没有信仰的、凌驾于一切之上的掠夺和破坏的开发，这是危险的。假如你背着一袋袋不断可以印下去的纸币来当这片山水的主人，那只能说明你还很浅很浅。你把钱袋子背回去了，这些自然山水绝不会跟着你的纸币挪过去半步。在这神山圣水面前，你凭借着纸币的支撑把自己的辈分排得再大，你都只是个小小的重孙，这里是把自然当神拜。只有这样，自然与你的互动才会给自己的纸币赋予价值。

传说中，白茫雪山的主峰乍腊（乍腊是战神之意）炯尼是卡瓦格博派驻东方的战神、守护神。

过去，每年大约有五个月的大雪封山期间，滇藏公路就是被这座白茫雪山封住的，垭口积雪可达 5 米厚。既然是战神、守护神，就让它做主吧，因为它还必须要守住一些我们久违了的神话。

第三章　神佛不愿离去的地方——阿墩子

一滴墨汁和一滴血液在清水中的浸散过程是如此的相似，致使我的写作变得异常谨慎与虔诚。

——题记

至白茫雪山垭口，豁然当顶，四顾苍野，黛青山色重重叠叠，铺展着宝莲形局。风读经幡，天光自顶弥漫而下，我突然被真力提携，感到了某种隐秘的虚空向上之轻。在经幡猎猎的嘛呢堆下，我念了一遍纳西族在翻越大山垭口时向山神祷告的颂辞：“里刷嘎拉布，额尼尼著美，初罗备迪获，绒罗核迪获，妞罗嗨迪获，斯都斯含获，子把子刷获，几阔几布获！尼你额助美，嘎个格布获，夸美至改获，吾熟吾迪获，含熟含迪获，克必拉毕获，搓布刷佑获！”

翻过白茫雪山的垭口，我就能感受到古镇的呼吸一遍遍地拂过内心。

默默地站在雾露底迎宾台，面对圣洁的卡瓦格博和深藏的升平镇，我首先启悟的是一种容纳的轮廓，包括自己对自己的容纳，这恰恰也是最容易忽视的容纳。

升平镇就是在不断的容纳中得以丰满且日益气韵高华。

《德钦县志》记载：“据《云南阿墩子行政区地志资料》（民国八年，即1919年）所述，丽江木氏征蕃得释迦牟尼佛铜像一尊，重不过百余斤，在街旁原德钦寺原址边，有一土墩，台高数尺，周围清泉幽雅，翠竹成趣，木氏在此休息期间，至晨欲行时，其佛像重达往日数倍，不能启运。于是，木氏在此建寺招僧……”这里始称“阿墩子”，墩也就是土堆之意。在明正德年间也称“阿得酋”，但阿墩子的称呼最为著名。清光绪三年（1887年），地方官夏胡卸任时立下“德钦碑”，为小镇取名“升平镇”，寓太平盛世、歌舞升平之意，但之后较长的一段历史上依然称阿墩子。这里海拔3400米，是云南海拔最高的县城，居住有藏族、汉族、纳西族、回族。

千百年来，人气与灵气交替聚集在这个古镇。

它是茶马古道的重要枢纽地，滇藏的马帮无论走哪条路，都要经由此地。前有溜筒锁江，后有白茫雪山，这里是最好的马帮休整地。马帮云集时往往都要等个把月，待先来后到地轮到自己过溜索时，许多赶马哥的魂已带不走了，他们的梦已被七彩的水袖紧紧地缠住。据说，马锅头在漫漫古道上有几个温暖的窝是常有之事。

在《滇边要路略》的（阿墩区划）中写道：阿墩为云南入藏之孔道，川边之保障，全滇之屏藩，形势险峻，群山耸入云霄，四周大山带雪数月，山崖陡险，中有废涧，坦若平地，商贾旅居者约二百余户。左流金沙江，右流澜沧江，阿墩雄跨中处……四面交通遴境广阔，皆无市镇，墩境诚为川藏重要之门户，商贾运集之巨市，军政外交之关隘……

四周大山带雪数月，有的马帮就会强冲，有时会付出很大的代价。李旭在《遥远的地平线》一书里讲："1941 年或 1942 年，丽江有名的'元德和'和万华家的一个马锅头，就在翻越白茫雪山时活活冻死了。"

在抗日战争期间，1942 年缅甸也陷入了日军之魔掌，中国当时唯一的一条国际通道——滇缅公路被截断，茶马古道也就成为抗日战争中后期大西南后方主要的国际商业通道，此时的升平镇已成为名副其实的"商贾运集之巨市"。

因茶马古道的兴盛，商贾频频出入，在清嘉庆六年（1801 年），陕西的回族、四川的汉族也纷纷来到了阿墩子，并在茂顶、马鹿场等地进行开采铜矿、银矿，同时以捕猎、经商谋生。至道光年间，外来的居民已有四十来户，他们专门以商为主，开了一些旅店，"至咸丰三年，交通渐开，逐群弹丸小市"。据传在镇的西山头马鹿场，有许多人在挖银矿，忽有一老妪用竹篮子背着一篮活蹦乱跳的鱼蹒跚而至，绝无滴水的篮内犹如水池，鱼儿在此欢欢游弋，众人惊异围而观之。突然矿洞轰然垮塌，将只顾贪挖的人埋在深穴，观鱼众人皆免遭灭顶之灾。

另外，该镇弥久不衰还有一个原因，是此处为朝觐卡瓦格博的香客们转山的始发地和唯一休整补给的地方。在民国三十七年（1948 年）黄举安撰写的《云南德钦设治局社会调查报告》一文中描述：每到冬季，康藏善男信女来朝雪山者极多。……此时德钦商业因而繁盛。故当地人云，“作十腊冬三个月的生意，其利润可以维持一家人一年生活”。因此，卡瓦格博是神山，也是升平镇的“金山”。从这些描述中，显示朝圣雪山的确赋予了升平镇持久的生机。时值十二年一巡的羊年，县城大街上睡满了来自西藏、四川、青海、甘肃，乃至尼泊尔、印度的朝圣者，此时朝山人数比以往多出数十倍。

卡瓦格博内转经是以县城为起始点，首先须到白转经堂谒拜，领取“入”卡瓦格博的钥匙。关于白转经堂的“水晶塔”，传说是从内地飞来的佛，准备汉藏结合，但飞到这里时天亮了，不能再飞，于是在这里变成了塔，人们在该处修了庙；藏区飞下来的那卡扎使神到现在的飞来寺时，也是天亮了不能再飞，最后变成了寺庙。两佛只有咫尺相望，再也无法合而为一了。白转经堂的白塔丛在“文化大革命”时期毁了，现在的白塔是从原址上重新浇倒出来的，每个小塔的底部都压有钱。人们在内转经取钥匙时，在煨桑台前出两元钱提一桶石膏水浇在塔顶，浇塔时必须虔心一念于莲花生，才能获取塔里的转经钥匙。

在阿墩子，史实就是神话，神话就是史实，它们总是完美地交织成善念，干预着人们的生活，并在生活的细节处凝结着不失飘逸又有厚重的品味。数百年的以商为基点的集镇生活使他们在现实中游刃有余、有条不紊。作为内转经朝圣的重要驿站，内视深心的精神生活使他们也一直守护着灵魂的原乡，史实与神话的舒张拓宽了他们心灵的疆土。

这个古镇就像是一个道法高深的活佛，在历史这块铁板上留下深深的足迹。

在德钦升平镇，我们从建筑、服饰、歌舞等文化现象中感受到的是一种豁达、包容的审美取向。升平镇藏族女子的服饰色彩搭配强烈，整体效果开放、外向的活力感明显。从异地来朝圣的女子，我们仅从着装便可一眼认出。中国社科院教授白庚胜是我国色彩文化学的泰斗，被誉为“始开我国民俗学领域中的色彩研究之先河”的大家，他说：“人类所独拥有的色彩文化是人类总体文化的一个部分。它的发生、发展、演化是与人类本身的进化及社会的进步相始终的。色彩文化的发展，自有一个由自然到自觉、由简单到复杂、由低级到高级、由传统化到个性化的渐变过程……某一特定的时间、空间中的色彩文化，往往表现出某一人类集团在一定时间、空间中的生产力发展水平、社会组织程度、审美能力、自然观与社会观。这样，我们对色彩文化的研究，实际上也就意味着对自然、人、社会文化以及自然与人、人与社会、社会与文化等关系的探讨。”由此而知，一个民族对色彩的选择，其实涉及了这个民族庞大的价值体系，乃至更加繁复地形成这种庞大价值体系的特殊环境背景。

德钦地处青藏高原的南沿部分，是与西南众多民族文化的接触点。所以，它的服饰色彩包容性是独异于其他藏族地区的，应该说德钦色彩文化是极有研究价值的一个课题。

德钦的传统歌舞也同样极具特色，其中最负盛名的是德钦弦子，它与享誉整个藏族地区的巴塘弦子相比毫不逊色。我们知道，德钦的建制沿革言之，它曾隶属巴塘辖区。明洪武年（1372 年）年至正德三年（1508 年），德钦为巴塘所辖；明正德四年（1509 年），丽江土知府木定占领，复归云南；康熙五十八年（1719 年）又巴塘所辖，至清雍正五年（1727年）又划归云南。因此，有德钦弦子源自巴塘之说，但在数百年间经德钦这片厚土的浸滤和无数心灵中的行走后，形成了只属于这片土地的德钦弦子。因而，曾经连升平镇的雕都会跳弦子“老三步”。我在升平镇采访刘邦正老人时，他说过去在升平镇的下方平整的旷野里，一群群大雕会展开翅膀，互搭成弦子舞的圆圈，左三步右三步地跳舞，极像在跳弦子舞。老人曾亲眼目睹此事。

阅读升平镇的历史，开篇触及的就是德钦寺。该寺原为噶举派寺院，于674年被格鲁派兼并改宗。清康熙十五年（1676年），五世达赖赐名“噶丹德钦林”，清康熙十九年（1680年），由西藏哲蚌寺著名格西达汪墨郎为该寺住持。光绪三十一年（1905年），该寺的喇嘛参加反洋教暴动，清朝派兵镇压，德钦寺被焚毁。珍贵文物中，仅剩烧不坏的“菊吾”铜佛，也就是木天王留下的“菊吾米卓松仁”（意为不动的释迦）。

相传十五世仲巴活佛为丽江土通判木曙东之长子，7岁时被西藏大宝法王认定为十四世仲巴活佛的转世灵童。于是请了西藏的高僧传授藏文佛经，在丽江指云寺苦读10年，并练就了密宗上乘功夫。光绪八年（1882年），前往西藏粗布寺大宝法王处受戒。途中，下榻德钦吉天赐土司家。吉天赐家祖上受封于西藏地方政府，清时归顺云南。清咸丰十一年（1861 年），吉天赐由云南总府授予五品顶戴。当仲巴活佛住下后，正逢当地僧民隔阂，彼此执戈，已一触即发。吉天赐请仲巴活佛调解，有人就提出“既是活佛，愿见法力”。活佛本不想显山露水，但僧民视活佛年纪轻轻，颇有不服其调解之势。于是仲巴活佛随手捡起一卵石，两手握石念经捏转，瞬间石头就像面团，指痕深深地印进卵石，围观者大为惊服，当即顶礼膜拜，收枪落刀，各自离散。后来，这石头也一直和“菊吾米卓松仁”一同作为镇寺之宝珍藏。活佛抵藏受戒后，在粗布寺闭关修炼三年三月三日。开关后受大宝法王挽留，协助大宝法王处理僧俗事务。后德格八蚌寺四宝法王圆寂，大宝法王派其前去代理四宝法王之职，上任后身体力行，严整寺规，威信大增，受到寺僧和藏民的爱戴。

后来德钦寺多次毁迁，镇寺之宝石也流失。清光绪三十三年（1907 年），阿墩子僧俗民众，在县城西北山坡上重建了寺院。经堂大殿比原寺更大，内塑高三丈的“强巴”大佛镀金铜像。经堂内保存有丽江版朱砂红字《丹珠尔》《甘珠尔》各两部；各种藏文佛教经典几百部；各种金、银、铜质的祭祀器皿及法器乐器等。建筑、壁画、雕塑集藏族、汉族、纳西族艺术为一体，别具特色，但在“文化大革命”中又被毁尽。

1990 年经县人民政府批准，该寺迁到距县城三公里处。

它经历了一次改宗，几次毁灭，几次迁址。

但讲述的总是那个故事：

一个土墩、一尊不愿离去的佛……

阿墩子。

第四章　西出苍茫

当我们一早走出升平镇，在西坡回望的时候，县城已深深地藏进了被当地人称为“天香熏室”的浓雾里了。

在《滇边要路略》中的“道路总说”篇里写道：“唯西藏与云南之交通，始自康熙五十九年至雍正七年间，清军迭次招抚吐蕃，分路运粮，辟路阿墩，转运于察木多（昌都），其后有丽江木土司随番民征士勇留守，时常旅居阿墩子……丽人始联合番民翻译藏语，引道进藏，往来获利，虽途程万险，亦年年有人进藏经商，至咸丰年间，商务渐开。至同治年间，茶糖盛行。”由此而知，这条道上，阿墩子人也是较早参与商贸的重要商贾。阿墩子人都清楚这是茶马古道上最危险的匪情四伏的一段路，白茫雪山和梅里雪山南侧是土匪出没的地方。

李旭先生在《遥远的地平线》一书中讲：“在翻越梅里雪山之前，或在回程翻过梅里雪山之后，马帮们最为提心吊胆的就是怕遭遇不要命的强盗。”“那些强盗大多从中甸东旺和四川乡城、德荣过来的。”并写道：“土匪强盗在这一带之所以那么嚣张，是因为他们搞懂了一条千真万确的硬道理，县长是银子做的，司令官是金子做的。”“翻过梅里雪山进入西藏境内，就很少有土匪强盗的威胁了。因为一则藏传佛教的教化和威慑，二则土司头人对偷盗者是采取极为残酷的严刑峻法。”

曾经茶马古道的马帮要走近两个小时才能到的飞来寺，我们从梅里酒店乘车出发几分钟就到了，离县城 9 公里。它和迪庆州的许多寺院建筑风格相近，瓦屋顶，四角屋檐飞翘。寺内三面墙上绘有绚丽的壁画，内容为宗喀巴、释迦牟尼佛、十一面观世音，另外还画有德钦寺及四川甘孜几个大寺的活佛。正殿旁还有转经堂和烧香台，这里是白转经的第二个朝拜点。从白转经堂取到钥匙后就到这里，而后再到太子殿、衮美、衮堆依次朝转。

据说，“文化大革命”时期为了保护壁画，老百姓就在壁画上抹了一层泥后当做生产队的仓库，于是，这些珍贵的壁画得以保留。走出飞来寺不远就是梅里雪山观景处，我们在路两边经幡猎猎的壮观鸣响声里进行了煨桑朝拜。

我微微地发呆了一下。发现自我追问使自己短暂地离开了一下肉躯，也突然看见了人的有限与无限之间的那缝间隙。

我悄然捡了一片飘零在微风里的经幡上车了。

一路颠簸后，猛地拐个弯就在赫赫有名的溜筒江村停下了车。公路两边有几家小食店和小卖部，溜筒江村历史的商脉就靠这几家小店延续着。如果不知那段历史，极难想象这里曾经是昼夜不停地喧嚣着索渡的关隘。我走下去到澜沧江边的铁索桥头坐了下来，眼前浮现了当年的景象：两岸满山骡马踢踏起弥天大尘，白昼里，马的嘶鸣和人的吆喝交织；夜空下，篝火团团。

从白茫雪山源源不断走进来的马帮，要在这条溜索上一驮一驮地渡货物，一匹一匹地过骡马，有的马匹在滑过高悬惊涛之上的溜索时吓得失禁，屎尿从半空喷注而下。

如今坐在这里只有江流汹涌，余物寂然。桥头的碑文风雨剥蚀，字迹已模糊。

据说，架这条竹索时，一个臂力如牛的人用一根长线的一头拴着石头一下就把石头扔过了江，长线的另一头拴在竹索上把它拖过江架了起来的。在人类历史上可能再也无法找到第二根如此频繁地承载过与大局相连和荣辱攸关的重大使命的竹溜索了。

康熙五十九年（1720 年），蒙古和硕特部首领罗卜藏丹津唆使蒙藏反叛，造成社会严重混乱，国外势力随时可能介入。中央王朝分兵三路，由云、川、晋三省进藏。云南一路负责粮秣，无数的粮马就是从溜索上渡过去抵达昌都的。

也是当年，都统五哥、副都统吴纳哈，率骑兵 1000 名、绿旗兵 1500 名、纳西兵 500 名进藏。

云南总督蒋陈锡因运送粮秣事宜抵达丽江，康巴地区的土司头人纷纷前来丽江，陈述西藏地方政府暴政，要求归辖云南。蒋陈锡上奏，康熙皇帝允诺，这事又得罪了四川。四川屡屡上奏告蒋陈锡运粮不力，影响进军；蒋陈锡以“粮食接济不力”之罪受朝廷谴责。令其从昆明出发，催粮进藏。他们抵溜筒江之后，设浮桥过江，刚过江，桥就冲断，蒋陈锡差一点就被大水卷走，他惊吓成疾，死于藏地。

民国元年（1912 年）八月，蔡锷西征，又过溜筒江。

抗日战争后期，日本军从缅甸进滇，滇缅公路切断。举世闻名的茶马大道运输物资又在这根溜索上过往，它承担了国际交通运输的重负。当时过升平镇的马帮每天不下千匹，从升平镇到这里的马帮首尾相接，数十公里连绵不断。

这根溜索也养活了江西岸上的溜筒江村。直至民国三十七年（1948年）六月架起了澜沧江上的第一座铁索桥，竹溜索才结束了使命。

杨群先生在《心潮澎湃话溜筒》一文中，介绍了溜筒江村的历史概貌，并叙述了赖耀彩、赖耀祖、余仲斌、马铸材等诸君以及当地藏民一同修建该桥的动人情景。通桥典礼的那天，“活佛把一把把茶叶、黄豆撒进大江，祝福吉祥如意。当地土司头人、大商户、西康官商也前来庆贺。东西两岸，帐篷林立，炊烟四起，欢声笑语，激荡于峡，气氛热烈，犹如节日一般。商贾马帮，为图吉利，早已等候桥边（有的马帮已等了月余），此时喜气洋洋，鸣枪放炮，一批批缓缓而过。马帮的红缨，在江风中摇曳，马铃铛发出悦耳的声响，赖敬安老人眼眶含泪，激动非常”。

当我打开采访日记本，今天是2001年12月7日了，中甸已是天寒地冻，可这里还热。我脱下皮衣，坐在陡峭的岸崖边阅读着冬日的江流，这时节的江水瘦小了许多，但依然不改澜沧江汹涌的秉性。

这时，有个人赶着一匹马从对面的坡上下来了。马背上驮的好像是脱粒后的空麦秆。过桥后人和马又爬上陡坡走进西岸的溜筒江村了。

据说准备架桥之初，溜筒江村的人深恐通桥后断了他们村的生计，于是扶老携幼到设治局静坐。设治局局长陈纪耐心地做了许多说服工作，赖敬安也愿意出一笔钱安排他们的生计，教他们种茶、酿酒、做生意。但大桥铺板时，依然有些人把白天铺就的板子在夜里悄悄扔下江。于是，设治局和土司桑树林与村民协商达成协议，让人马过桥收费，归渡口两村所有，地方也设法补贴来保证他们的生活，村里则有义务管护大桥。

架桥发起人赖耀彩的初衷是永久地惠利于茶马古道。他曾在抗战期间无数次地往返过溜，目睹了无桥的艰辛：妇女们要不停地划竹篾搓绳，男人要不停地绑物捆马，张罗渡溜索，溜索要不停地更换，才能保证安全，可谓是繁琐低效。于是他发下了修桥的誓愿。

但桥修好后只是给茶马古道承负了三年的使命。1951 年，中国人民解放军进军西藏，军民协力，一同修通了滇藏公路（中甸—德钦—盐井公路），茶马古道卸掉了重驮。发愿修桥的赖耀彩、马铸材、吉福等这些人大都是虔诚的佛子，他们把桥也起名为“普度桥”，意即慈航普度。直到今天，两岸的溜筒江村民依然是此桥的受益者。

一路向上

离开沧桑古渡后，一路逆江而上。澜沧江在迪庆的流程500余里，水势湍急，亦难舟楫，故溜索最多。江岸大都陡峭，势如刀削，山体植被差，滑坡隐患四伏。时有公路于山腰穿凿而过，江流在谷底奔涌，目及皆是秃山，山体裸露着容易感染的创伤面。这时最温暖的就是生长在创伤面上的藏族村庄了。村庄里是精心培育起来的核桃或其他果木，碉楼隐隐约约掩映其中，地里是一片片等待收割或正在生长的庄稼，我觉得那才是大地伤口的愈合处，它们是大地的疗伤者。

进入梅里石村，第一感觉是朴实而整洁。村庄西出口的公路边，一股清泉淙淙而来，随流水从溪谷出来的小径便是外转经的出口，是一个神圣之旅的终结点。从这里往西便不再是梅里山神的辖区了，往前走三公里左右又是另一个山神的疆域了。据说这个山神很灵，如有冒犯得罪，就会让你身患大病；或本来风平浪静的行途突然飞沙走石，难以前行。所以常要往返于此的人极是敬畏，很多驾驶员都会在路边的功德箱里投钱，求保平安。功德箱的旁边系满了经幡。据说，当遇急事，手头拮据的时候，可向山神借钱，从功德箱里把钱取走，但必须说定归还的日期，逾期不还，必遭惩罚。传说它与梅里山神有过节，两位山神常常会大打出手，曾有人见过在两山之间巨石飞舞，不见踪影地相互激战。

高华、扎西尼玛和我一行三人在佛山乡政府停下车来，时间尚早，才中午 12 时。我们想到村里做些采访，于是住了下来。

对于遥远虚幻的神话以及与眼前存物关联的传说，我都情有独钟。在升平镇采访刘邦正先生时，他告诉我，红坡的一个土司家里，曾有木天王西征时留下的两把宝刀：一把叫巧虚巴督，说是可以把瀑布砍成两截；另一把可以把扔在空中的草砍成两截；还有一口能让 2000 个士卒喝一个月的大铜水缸。刘先生说应该在佛山一带能搜集到一些有价值的东西。

扎西尼玛和我在村里转了半日，结果发现许多能讲村里的相关故事的老人都已去世，可以采访的人几乎找不到了。我们就和已经退休的丹珍老人闲聊了一会儿，他退休后在路边开了个小卖部。他曾参加过平叛，还有一支毛主席亲手赠送的枪，当时有此殊荣的民兵，整个丽江专区有 8 人，全省有 80 人。这支枪在历次的收枪行动都未敢收走。我们给老人照了几张端着枪的照片，姿势端正，不减当年民兵英雄的风采。

他说，在解放前，佛山的习鲁通、阿东和德钦升平镇之间的山里是土匪出没频繁的地方，多为芒康一带的土匪，有一个匪首叫毒翁鲁争。佛山是匪患重灾区，老百姓一般都不敢杀土匪。一旦土匪被杀，同伙就把尸体拿到村庄的房屋里焚烧。如果不死人，土匪一般就不毁屋，只是把值钱的东西放在抢来的牲口上驮走。

从整个藏族地区来看，历史上康区的匪患最为严重。这主要有两个原因：一是崇山峻岭，险关重重，苍茫荒野，蹇滞难行，中央王朝和西藏地方政府都鞭长莫及，难以快捷有效地进行管理；另一个因素是康巴藏区的藏族形成的族源复杂，王怀林在《寻找康巴》一书中也曾写道："在公元 7 世纪之前，康区的各部落都是在自己民族首领的带领下，进行了数千年的征战和迁徙。在吐蕃统治的两百年间，吐蕃对所征服的西部部落的统治也往往未打乱期内部的社会结构。"[①] 所以，康区实际上依然有许多"同而未化"的部落。从 10 世纪以后，后弘期藏传佛教的复兴，虽然各部落形成了文化的认同和凝聚，但是依然难以在所有人的心里产生强大的宗教威慑力。因而，历史上的康区一直是仇杀不断、匪患频繁之地。

佛山气候宜人，一直以农耕为主，一些节日也体现了农耕文明的主题，永宗协当有个"书古尼松节"（意为积肥节）。积肥就是把各种绿叶割下来，将其铡碎后积压在大坑里，待发酵腐烂撒在地里做肥料。

① 王怀林:《寻找康巴》，成都，四川人民出版社，2010。

靠种地生存的人，安分、厚实，不善攻击，也极少有防范心理，自然也缺少抱团抵抗意识。装备精良的土匪进村抢劫时，佛山的老百姓常常是坐以待毙。我记得作家白郎曾说过：“中国是一个农耕文明民族，而农耕民族在战争中是危险的。”

热情的丹珍老人一再邀请我们晚上到他家去坐，但终未去成。

翌日，我们在纳古村找到了一个曾赶过马帮的老人。我第一次来纳古村，但并不觉陌生。这里发掘了大量春秋战国时的石棺墓群；1950年4月，国民党残部310师从盐井南来，企图从溜筒江桥外逃，中国人民解放军设伏于纳古，全歼310 师700 余人，这是云南解放战争的最后一个战役之地。

当我们面对着74岁的曲登老人时，发现完全没有想象中走南闯北的赶马人应有的锋锐，而是一脸没有心机的微笑。当扎西尼玛问及是否遭遇过茶马古道上常有的一些险情时，他一脸平淡地说：没有没有。一条风起云涌、险情四伏的路，他也走成平坦无奇的通途了，扎西尼玛也乐了。

交谈中，知道他自小就跟舅舅赶马。18岁参加察瓦龙的葱奔达瓦商班进藏，到拉萨后80多匹马全部病死。他只好转到康定，那时已解放，他又跟着另外一个马帮驮运军用物资，一年后给了1500块大洋。随身携带回来太危险，他就在拉萨委托部队汇到中甸，到中甸后兑换了1500元纸币，很快又到大理买了7匹马、5驮杂货、2驮砖茶，进了拉萨。货物出售后又卖掉了2匹马，赶回5匹马，而且从拉萨驮来的一驮花椒在维西卖，又赚了1000多元。此后，他有了自己的马帮。至此，我们发现，厚道的他还是有商人的精明。

他讲得简单极了，进藏、返乡、进藏、返乡。我也只敢简单地记录。

我们又上路了，其实坐在车上也没他说的平坦。一路思考最多的就是这些路和山了。久久行走在这植被极差的环境，让我突然想起了孔子的一句话："巧言令色，鲜矣仁。"在此时的苍凉中，我对此言有了新的理解。它暗含的另一层寓意是：在非常愉悦、轻松的时刻说出的话里不会有道。

我突然执著地认为长期生存在这样环境里的人，说出的话肯定是切进生命本质内核的。

这些山上，植被越恶化，雨季水土越流失。在反复的恶循环中，这些山只留下缺少肌肉的骨架，致使这些山石更为松散。据说溜筒江村的整座山体已有裂隙。

我们的目光所及大多是泥石流、塌方及陡峭的山体。但车子开近了，又发现有刚好能过两只轮子的路面。我突然开悟似地预知自己的生命里已经没有真正的绝境了，我总会有冲向下一分钟、下一秒钟的机会！

我滋生出一种莫名的感恩。感恩此生能走进苍凉。感恩此生能走过苍凉。

第五章　盐井　一个不会霉变的地方

我承认自己是一个心怀偏激的人，年轻时要么吃得很甜要么吃得很咸，这样的重口味凸显了某些暗含的性格倾向。据母亲讲，我刚学会说话时，只要吃饭就会说没盐味儿，开始母亲信以为真，就给我加盐。后来才发现已经咸的不能吃了我还是说没盐味儿。于是只要我喊加盐，母亲就舀上一小勺玉米面撒在碗里，再问盐够不够，我就会点头说够了。记忆里，家乡最多的是锅底盐，也就是盐水在铁锅里烧火熬制而成。盐块也状如铁锅，越硬的人们越喜爱，因为它经吃。家家户户都会保存一块铁硬的锅底盐用于理疗，每当家有背寒腰痛的人，就把它烧热在疼痛的部位反复搓揉，还真有效果。

纳西族因离不开盐，故对它是心怀敬畏的，生活里有许多关于盐的禁忌。如要出门做事不能打翻盐罐；梦见背盐会有亲人离世；盐从背篼里掉下也视为不吉之兆。我有一朋友在外务工，有天他拉着马去采购，中途有一坨盐从马背上落下来，滚下山坡很远。当时吃的是圆桶状的坨盐，他走下山硬把盐捡了回来，两天后他接到了父亲去世的噩耗。

《姜岭大战》就是一部因盐缘起的藏族格萨尔王史诗。故事讲了姜地萨旦王，因受姜地魔怪的唆使，发兵侵犯岭国盐海，双方经过九年的激战，岭国终于取得了胜利。在吐蕃与麽些人之间，历史上确实发生过争夺盐池的战争，我看过一些盐池之争的有关史料。《华阳国志》卷三“定筰县”条中写道：“摩沙夷（即磨些人，现纳西族）有盐池。积薪，以水灌而后焚之成盐……”这就是最早的锅底盐了，纳西族很早就掌握了这个制盐方法。

盐井是我从小听得最多的一个地名，甚为神秘。许多年后，我第一次坐车经过这里时，激动地站离座位把上身伸出窗外，直到车走出盐井很远。当时真想下去看看，但那时是在前往青海参加艺术节的大队伍中，车队根本无法因一人之私而停下。

这次托扎西尼玛、高华之福，终于如愿以偿，我们走遍了盐井江西、江东两个村庄的盐田，还采访了几个老人。

盐井是西藏唯一一个纳西族民族乡，是德钦入藏的第一个重镇。昌都地区的许多地方都有一些纳西族，但已经全部藏化。我们在下盐井村里采访了韶光老人，他已70多岁了，但看去鹤发童颜，行思敏捷。他会说一口地道的藏语，又讲一口流畅的纳西语。他说平时村里只用藏语，能说纳西语的人很少了。这里的纳西族相传是姜杰布·斯那列顶（纳西王，木天王）派在此守护盐田的。现在，他们还保存着许多纳西族的传统习俗。

农历十二月十三日要烤过年的酒，这天烤出的酒预示了来年的征兆，酒越好就越吉祥，越甜日子就越如意；如烤出废酒，来年就不吉利。这一天还要去清扫修补祭天坛。二十九那天必须洗头，以示洗去所有一年的不洁净和晦气，孝子平时就不能洗。三十要烧猪头，要制作小麦糍粑，刚做出的新鲜糍粑首先要献给菩萨、祖先。这一天，还要给已去上门的儿子送去一块麦糍粑、一个猪头。大年初一要拜年，藏族则当天互不走访。初一清早，所有的小辈都要来给长辈拜年，要带一瓶酒、一炷香、一点酥油，还要带上春节要吃的已制作好的食物，且每样一小点。初二，女人要到盐田，把盐扫回来，表示这一年的福已接回家；男人要到山上砍一大背柴，每一种树砍一根，种类越多越好，以示把财背回家。初三，要到神山烧香，必须由家里的一位男长辈带一个小孩去，妇女不去。下山后，男女都要穿上最漂亮的衣服，在固定的舞场跳竹恰舞。歌词大都以神山为内容，一问一答。如问：“歌词和跳法从哪里来？”答：“歌词和跳法是从神那里带来的。”问：“是谁在和我们一起跳？”答：“众仙众神都来了……”初四，主要就是玩耍了，参加跳舞。初五，要杀一头卦猪，从前膀骨看一年的凶吉，说是可看出远近周边将会发生的祸福，这头卦猪要养足365天；取出的心、肝、肺要拿到煨桑台献祭。

在与韶光老人的交谈中，我们还了解到江东的盐田是纳西族的，晒出的盐为白色，称为“白盐”，卖价略贵；江西的盐田是藏族的，晒出的盐为红色，称为“红盐”，卖价略低一些。1—2月份不采盐；3—5月份里日照时间长，产盐也高；6—8月份是雨水季节，故不产盐了；9—11月份天气干燥，风也大，水蒸发快，是产盐最高的季节；12月份产盐又少了。如此循环。

过去，这里的盐主要食用，后来交通便利了，虽然内地高质量的盐取代了土产盐，但是盐民们依然繁忙。据了解，这里的土盐还是很有市场，康区的牧民们都喜欢用盐井的盐喂牲口，盐井的盐喂出的牲口，肉味醇香，经嚼不淡。并且这种盐还能提高牲口的体质，产仔率高。我们在路上都遇到了无数的驮盐马帮，有的是到牧区，有的是到农产区换回粮食。

第二天，我们从乡政府直下，穿过田野，到澜沧江谷底考察了盐田。

盐田的小径两边筑有 1.5 米左右的护墙，虽然《姜岭大战》描述的争夺盐池不是在这里，但我还是马上联想到，历史上这里也不会是风平浪静的地方。走到坝子边的峡谷切口时，看到很长一段距离的峡谷边都有曾经筑墙的痕迹。历史上，下盐田只有这个进出口，我看到西岸盐田的出口处也有碉楼。当我们再往下走几步后，一种奇观就在眼底铺展，江水汹涌的两岸，随坡而筑的连绵梯状盐田。我第一眼看到它，无异于像在埃及看到了金字塔。从艺术的发展史看，所有的艺术杰作都不是纯粹从艺术出发，首先是从现实生存而起，之后才是从实用的价值向上到审美的价值，是通过借助于实用的生命力逐渐向相对独立的艺术生命的过渡。

盐田就是依然保持着实用生命的艺术作品。

我们不断地遇到驮盐的马匹。在路上，发现一个大石头上深深地印有一只马蹄印和一只脚印。一同下来的江西村民批楚给我们讲了这个石头的传说：姜杰布·斯那列顶是一个力大无穷、神力无边、呼风唤雨的人，他在追打一个魔鬼的时候，站在对面的山顶用投石绳把一个巨石一甩，远远地落在了朵那珍村。他说要去那里建城堡，然后从对面的山顶跳过来，一只脚在这个石头上落下，另一只脚跨到另一边的山顶去了，神马也随他一跳而过。朵那珍村已是临近曲孜卡乡了，现在那里有一个纳西族村，说曾经就是城堡里的人。

我们走进盐田，挑卤水的姑娘们在重重叠叠的盐田里穿梭着，歌声此起彼伏在层层盐田间荡漾，犹如忽临莺歌燕舞之宫殿。其实，挑卤水是极为不易的一项劳作，姑娘们有序列队从深暗的盐井里挑出卤水倒在各自的盐田。我们跟着她们走，空身行走都很难，有时弯腰90度才能从一块盐田爬到另一块盐田。但姑娘们挑着一担担沉重的卤水，在歌声中轻盈如飞地走成了行云流水的舞步。

盐井纳西族民族乡分为上盐井和下盐井，两个村镇相距4公里左右，但是两个村的人文景观迥然不同。下盐井的纳西族村信仰的是藏传佛教，村头的白塔不停地有人在转经；上盐井的居民以藏族为主，却是西藏唯一的天主教区。当我们在行途中遇到白塔转经时，陪同我们的上盐井藏民就远远地走开了，当时我没反应过来，就问扎西尼玛：“他怎么走开了？”扎西尼玛说：“他好像是天主教徒。”我才突然恍悟。觉得很有意思，这才是人类情怀的博大宗教精神，在宗教场所就相互回避一下，平时就以平常的心态礼尚往来，没有尊卑，不分彼此。到上盐井村时，教堂的门锁着，村民热情地为我们去找人了，但因时间紧，终未等到来开门的神甫。因不是哥特式建筑，教堂顶的十字架没有特别突出抢眼，但整个教堂还是散发着天主教文化的醒目色彩。

据了解，教堂里有受过正规训练的神甫和修女，有教徒600余人，占全村人口的64%，现在的神甫是一位藏族。

康区的许多现象都有着深层次的文化远因，因族源的复杂给心理提供了更多的文化包容空间，崇山峻岭的阻隔也提供了更多的多元文化的生存环境。所以，这片大地上的人也在无意间，理所当然地成为人类文化最高理念的建设者。

在一阵阵的感动中，我们继续前行，终于在昌都地区芒康县的曲孜卡温泉住了下来。

曲孜卡温泉位于芒康县南部的神女达美永山脚的南侧。达美永雪山传说是梅里雪山的第三个公主。她奉母命下凡人间，体验民心生活。路经盐井，看到此处疾病流行、横尸遍野。公主大发慈悲，点洞取泉眼

108个，把流下的泪水滴入洞内，成为消灾祛病的神水。喝了这水消灾除病，用它洗澡可净化心灵。

这108个泉眼大小不同，水温不同，疗效也不同，对皮肤病、肠炎、胃炎、肾炎、痔疮等20余种疾病均有明显疗效。

温泉和盐井的盐泉为姊妹泉，均为公主点洞施惠众生的。曾有英国传教士测试过这108个泉眼，每个泉眼确实可针对性地治疗疾病。

喇嘛泉眼治皮肤病，历史上不让俗人洗；阿子拉泉主要治关节炎，手脚缩成一团的风湿病，泡一天可逐渐伸开，连泡三年可治愈；泪泉眼主要治眼病；普卡泉主要治胃病；雅玛泉主要治口腔病、牙痛、喉痛；白根泉主治肝炎、骷髅病；茫色泉主治各种创伤口，过去茶马古道上的马帮，到此后就用泉水洗刷马背上被磨烂的伤口；炽玛泉主要治脑血栓，过去难活的婴儿立即抱到该泉倒立提起冲洗，往往成活，得软骨病的小孩也有疗效。

现在修建了一个大游泳池，多种泉眼的水都汇集于此。我有热痛风，每泡一次温泉必发无疑，可经不住一池圣水的诱惑，还是迫不及待地跳下了池子。

夜晚准备好了迎接疼痛的到来。可没想到倒头入睡，翌日醒来还出乎意料地一身轻松。

吃过早餐，我和扎西尼玛爬上了温泉上方的村庄，远远就望见北边的山坡上有一座古碉残墙。我们俩边走边聊，连续走过了两个小村庄，只要是有人的家门口就停下来与村民交谈。因藏语方言略有差异，扎西尼玛常常要重复询问或答复。这里的房子都没有围墙，从房门直进屋里，门口都有一块平地，起到天井的使用功能。几乎家家有梨树，每经过一个家里有人的门口，主人都非常热情地请我们到家里坐，并拿出梨给我们吃，我已经连吃了三家人的梨。

走近古碉残墙便知是明成化年间（1465—1487 年）木天王西征时期的碉楼，近 500 年的风雨剥蚀，墙体依然很厚，如果没有人为推挖，还会耸立百余年。碉楼前有一小块石头围砌的平地，下方堆了许多四五人方能抬起的大石块，一看就知道是激战备用的。从碉楼到下边山麓有一段很陡的坡，碉楼的残墙边有煨桑的余灰，看来常有人到此烧香。我们下来时，古碉楼正下方的一户人家，在门前的平地上正在烧火烤酒，火边围坐着一老妪、一中年妇女、一小女孩。她们烤酒的方法极为简便，两口缸状的锅套在一起烧火就行。我们和老人攀谈着，问了一些有关碉楼的情况。她说自己七十多岁了，小时候就这样了，直到现在也没什么变化。传说是和姜杰布·斯那列顶打仗时修的，她的爷爷奶奶说他们小时候就这样了，历来都不让小孩上去玩，担心倒塌被压，可她自己也变老了，墙还是那样，屹立不倒。问了一些习俗，说是和其他村寨一样，丧葬也是天葬、火葬、土葬、水葬都有，因离水较近，水葬的多一些，稍富点的人家也行天葬，天葬要拉到 110 公里外的芒康天葬台。火葬是冬天，春季火葬就会影响庄稼，并且各种自然灾害也会接踵而至，春天万物苏醒，这时节要绝对保持干净。

出门的时候，小女孩又硬给了我两个梨。

我一直以为自己还是保持着那份从山村长大的淳朴，但走进这里的村庄时才发现自己还是改变了，我才再次想起自己童年那个古道边贫寒的家。那时只要有人从家门口过，母亲就像此时的村民一样，热情地和行人打招呼，只要有人进门，即便素不相识，也会把自己舍不得吃的东西拿出来给人家。我们的村庄也是茶马古道上的一个小寨，马帮从丽江出来后有两条路：一条是从丽江拉市翻山顺玉龙雪山篦的小道，下到虎跳峡渡口；另一条是翻过拉市山，直下到阿喜渡口，过江沿江而下，经过我们村，最后抵达虎跳峡。20 世纪 60 年代中期，那里一直保持着古道的模样，直到60年代末才逐渐开挖公路的。我家就在古道边，我还记得藏族马帮常常在我家下边过夜，他们要看马，都不住在人家里。母亲说行路人可怜，携带的食物少，于是就会让我去送给他们蔬菜，有时还会切一点腊肉。那时我们家也没有围墙大门，所以马帮离开的时候也常常会在我们家的灶台上留下一点酥油或奶渣。

今天，我发现自己还是变得世故、变得功利了，只是这个过程缓慢一些罢了。

这里是我们这次行程的终点站，我非常荣幸在这个终点站、在这些古老的村庄里，从自己生命的来路往回走了一段，这是人世间最难得的一程行走。在往回走的时候再次看见了曾经晶莹透亮的自己，又一次看见了曾经喜欢在过夜马帮清脆的铃声中入眠的童年。

雪山的色彩

陈见坪

盛夏之际，因由一些繁复的私事，促成了一趟阔别九年的故乡之行。从滇中出发，车轮就一味路欢快、爽畅地驰向滇西北。

这个时节的香格里拉一域，自然景致还停滞在浑厚的单一色调中，那是一种大高原还未被斑斓的色彩唤醒前的沉寂，满目的青葱墨绿，是从眼前连到天边沉闷的绿，恰与高原天空中厚实的云互为衬托。夏日的阳光时不时慵懒地从云层间撒下一缕透亮。而远处的另一方天际之下，铁灰色的重重山峦还在褶皱处藏掖着一大片一大片不甘被季节更替而融化的残雪。这残留的雪虽已无力构成冬季的景，但还是那样执拗地匍匐在大山的背阴处，要想让观景的远客看见高原上纯然的白，一方净土上炫酷的白，仿佛在竭力述说着曾经冬季里广袤苍凉的冷。

这个时节，高原上辽远天际总有重重叠叠的山脉，天空中颇具固态质感的层层云雾横亘一隅，让人看不清天空与大地的明晰分界，那云遮雾绕的背后竟使人感到莫大的神秘和未知。

从滇中向西北部去，广阔的地貌景观渐变，山变得高耸起来，江河也不再宽敞平缓。崖壁陡峭，林木葳蕤，山巅云天相接，更显磅礴大气，就像希什金笔下的风景油画：铁褐灰蓝的主色调表现大地的厚重质感，深邃曼妙的瓦蓝描绘出天空的神秘意境——就是这样的景。

蜿蜒行驶中，车窗外的景色随着地势的变化不断切换画面，须臾间，一处藏族村落扑入眼帘。那一处山峦缓坡与青青草甸之间的房屋群落，远处望去恰似在一大块高低起伏的绿色绒毯上撒下了一把白色的骰子，突兀且有趣。

洛扎，是距县城十余公里的腊恰卡村的一个小伙子，面部轮廓凸显着硬朗线条，棱角分明，张弛有度，半成品的雕塑一样，乍一看就是个地地道道的康巴汉子。

洛扎从阿爸那里耳濡目染学来彩绘技艺，他正用一双指尖手背满是斑驳颜料的手，甚是专注地描摹一幅传统壁画“骏马宝”。正因为太专注了，面部神情不觉中变得很生动，微翘着紧绷的下颌，再把下唇勒进嘴里咬住，唇边吐出一点舌尖，伸长脖子，眼睛直勾勾地盯住正在涂染的画，些许扭曲的面部趣味十足而又天真稚嫩，像是一个大大的表情包。

拍下视频网播，会有一些点击率的吧？ 我想。

严格来说，洛扎的画还不能算是一种正统的传承。纯民间的藏式绘画只是质朴的情感流露，在遵循图腾造型与自然色彩的界定规范之后，再尽力做出斑斓绚丽的重彩渲染，以极纯的色度、十分饱满的色相，不作调揉，直接铺设。就是一种源自自然心灵，不假思索、不曾过滤的对色彩的萌态感触。

洛扎时常挂在嘴上的民间话语“催咚、催咚”就是“上色儿、上色儿”的意思，重复又急促的语气是在表达激情和喜爱。

丰富多样的色彩经由他的手，点染刷涂在经堂、餐厅里的神龛上，斗拱堂柱、梁栋翼角上，窗框的楣檐上，藏式立柜的门脸上。涂染对象各个受光面的色彩对比十分强烈，图案纹饰变化多样。还描绘了一幅幅的民间传统壁画。对他来说，仿佛这就是世上最快活的事儿了。

我以一个旁观者不甚明了的态度提问：“这么多的颜色，呛眼得很，你不觉得有些热闹过头了吗？”他回答说：“在这个江湖上，我就是想搞出一种存在感，用洪荒之力。”从一个没有多少汉语储备的藏族农村小伙嘴里冒出这么一句来，我顿时懵了。网络及各种传媒真是太强大了，年轻人接受新事物、新网词的速度也快得让人“晕”。

藏式传统绘画在严格意义上是有着世代传承的，特别是在神圣、博大的精神领域，有着自成一体的民族审美情趣，独特、严谨的造型比例，细密繁复的规范着色，等等。如藏文传统颂词所说：

黄丹身色有如须弥放光明

揭示奥义剑斩愚痴著经论

……

帝释划分四季十二月

犹施妙印瞻洲创画技

谨向布雪噶玛和结哭

首创绘画圣者虔诚礼

……

能在神圣的佛寺殿堂里描绘圣像，是每一位僧俗画师无上的荣耀。十多年前我去松赞林寺朝拜的时候，正赶上甘孜藏族自治州道孚的几位画师在高大宽敞的寺院大门的门庭廊道两侧画四大天王护法神像。画幅占据了两侧整面的墙，画面笔触灵动婉转，线条舒缓流畅，设色规范，最重要的是比例严谨，准确无误。与其中一位画师的攀谈中我了解到：藏式绘画中佛、菩萨、护法神的造像十分讲究比例尺度的准确，不能有半分差错，是专业水准的绝对技术考量，有严格传承的术语规制。如：计量单位、相好与随好、坐相及手印、服饰法器、颜料，且这些专业术语及技法内容浩繁、学问深厚，多是师徒或家族内部口耳相传，外人想学，得视机缘、禀赋和品行来定。

佛堂神殿的塑像与彩绘是信仰高塔上如甘露般撒向人间的七色光谱，各样的色都被赋予了超越今生价值的善妙因子。人们由衷地赞叹这美仑美奂的色彩，还为了寄托于美好来生的吉祥而祈愿。

寺院里的一切彩绘，所有历世珍藏和留存于民间的唐卡画像，不同于纯民间绘画的拙朴与率性，都不可仅用凡俗的艺术思维和眼光来考量和探究。因为那上面有着点点滴滴、丝丝缕缕、熠熠闪光的藏传佛教精神元素。

洛扎的“骏马宝图”将要收尾，颇为生动，只是在马的头脸处还显得“匠气”太重，这可能是因为对图腾一成不变又稍欠功力的模具式摹仿的缘故。当然，眼光不该这样苛刻，率真的笔触才是最真实的，贵在人与画的心灵互动。

“骏马宝图”是七政宝图之一，即金轮、神珠、玉女、大臣、白象、骏马和将军七宝。据传，七政宝是转轮王初转法轮时的特殊瑞兆，象征贤者征服世间，造福于六道众生的功德。这几幅彩绘图腾都注重勾勒线条的圆润流畅和色调的温润柔雅，一般百姓家里的墙壁上都不常见，民国以前的土司家佛堂或客厅里有无壁绘不得而知。有趣的是，七政宝图乍一看却只有五项：大臣、将军、玉女各为一图，金轮、神珠各驮负在白象和骏马的背上。

洛扎手上的颜料都是现代的化工产品，丙烯，一种新型颜料，水性胶质，凝固得很快，所以覆盖力强，用帮色彩过渡阶段的涂摆很上手。作画的师傅、匠人们现在都不用传统颜料了，现代社会，弄点颜料不过就是花费几张面值不大的钞票。过去物质十分匮乏的年代，要全凭自己一双手去自然界中采集矿物、砂土、石块以及植物根茎、籽、叶片，等等，回家来还得不厌其烦地捣杵、研磨、熬制……就这样一个又一个时日地重复劳作。今天的人们不可想象也很难理解。

不过，在北部和西部藏区有专门从事文化遗产保护的人，正劲头十足地用古老方法制作颜料，全手工、纯天然，从采集原料到画作完成，并全程录制视频。

2005年在德钦见到过一幅羊皮唐卡，一眼看出那不是老货，光鲜得很，一头老公羊的大皮张，保留了一双硕大弯角及连接部位的骨板、四蹄、短尾和一身白毛，显得自然规整、对称协调，还配饰了铃铛、牛骨串。用很具韧性的木质筋条圈成叉头环，起到绷平抻展的作用。画面是“昂久旺登”，即十相自在图，像是把一枚很大的印章直戳戳、楞整整地盖在绒绒白毛的大羊皮上，正好居中，刚好被一圈浓密的羊毛紧紧围在中间，像一个硕大的神秘符号深嵌在上面。感觉不同凡响，很另类。也正因这太另类的样式，都不能算做唐卡了吧？只是听说过旧时藏地有皮张、皮草上的图腾绘制，可否归类为唐卡？不知。

“昂久旺登”是由3个图形和7个梵文字符构成的、色彩十分标准规制的图符。以宝焰光轮为塔状围形，四平八稳地安置于莲花宝座之上，吉祥而庄严。我猜想当初的设计者如果今天尚在，会被广告公司高薪聘去的，不是浑说。

“昂久旺登”的象征和寓意是镇妖、避邪、消灾、吉祥保平安。

我向洛扎建议创作一些非宗教意向及非传统的唐卡，形式、结构

及品相可沿袭传统，内容和技法揉进一些现代的东西，那样，怎么说都是自己搞出来的，素材又是取之不尽。可是小伙儿执拗，说那就不是唐卡了。小伙儿貌似很能突破传统，现在又如此守旧了。唉哟！又一转念，我干嘛这样诲人不倦，现在的年轻人一个个都是娘胎里带来的主张和自信，谁爱喝你那一壶。况且传统毕竟不是坏事。

老的唐卡作品很耐看，经得住挑剔的眼光。传统中，佛、菩萨、护法像及一切具宗教神秘和特定符号的绘制是异常严谨的，除严格规范的标准比例尺度以外，启动构图时的线描也是多一笔不可，少一笔不行，色彩更是有严格规定。没有任何一幅画的色彩是作画者自己的意愿和臆想，必须严格尊崇千年来的传统规制，不可改变。吾辈不焚香磕头，不守戒律，不谙法义，不曾时时处处扫拭心之尘埃污垢，有何法缘、资质以及能量来绘制特定唐卡？况且，即便能在技法与工艺上尽力达标，但是，其代表的强大精神内涵，超脱凡尘俗世的纯洁理念，浩瀚无边的慈悲情怀，逾越一切世间价值的无上境界，都寓意在这尺寸天地的唐卡画中。那么，一颗未曾由佛光甘露滋润沐浴的凡尘俗心，一个摇摆游荡于纷乱娑婆与寂静空门之间的冥顽心灵，切莫用一些雕虫小技将伟大的释迦精神沦为商品吧。寻思至此，就没再动用唐卡去谋利的心思了。

二十多年前了吧，驾着拖拉机沿214国道去芒康出差，老牛般的行速使得我有充裕的时间和且行且得的自在心境，惬意观赏澜沧江大峡谷的景致。现在已记不住是在哪一路段，江对岸一壁十分险峻陡峭的悬崖上，凿刻着几个硕大的藏文字符，由几近顶端的高处，直达差不多触及江面的崖底，得有五六丈高，真是气势磅礴，在上下游十几公里杳无人迹的荒野中，显得别样的孤傲、神秘。不知经过了多少岁月的风雨侵蚀，色彩只依稀可辨，但能看得出也是赤、蓝、绿、黄、白几色，字体一贯白色，边饰和间隔由黑色及其他色组成。阵阵的江风呼号和汹涌波涛愈发衬托出摩崖石刻的沧桑和无穷无尽的精神能量。可以想见，在那个不知是何年代凿成的时候，天地间蜿蜒连绵的干热河谷里，以日月星辰为伴，与滔滔江水为邻，它就曾以凝重而又绚烂的色彩，游刃遒劲的笔力，昭示着信仰的力量，抚慰着众生悲悯的心绪。

藏族人对色彩的感知和运用是相当质朴的，特别在民间，人们很乐于摆弄，理念也单纯：赤、橙、黄、绿、青、蓝、紫，我就是喜欢。德钦有一家文化社在早几年前搜集汇编的民间弦子歌舞曲就有这样的唱词：

我喜欢白色上面再加一点白

就像白色的岩峰上面栖落一只纯白的雏鹰

我喜欢绿色上面再加一点绿

就像绿色的核桃树上飞落一只翠绿的鹦鹉

我喜欢红色上面再加一点红

就像红色的檀香树上停落一只火红的凤凰

这就是藏民们没有一丝物欲羁绊的淳朴意念，满眼的浪漫色彩意境和欢快热烈的弦子歌舞，直白想象的表达与自然景象那样契合，是灵动又柔曼的色彩与欢畅音符的激情兑接。人们太懂生活，一群暂时忘却了世间烦恼纷争的人，以欢悦的心，用带彩的音，趁着夜色和篝火一起歌唱灵魂，赞美天地。啊么么！我也差一点就要成为弦子发烧友了。

人家羊皮弦子的杜鹃木音筒和栎木琴杆上浅镂雕琢的纹饰全都覆盖着各色颜料，红红绿绿，极其花哨。他们就是这样用信手拈来的色彩点缀生活，色彩一直都赋予他们源于天地自然的淳朴情感，而浮躁的心和骚动的欲望是不会这样随心摆弄色彩的，这是真正散发着浓郁草根气息的藏民色彩，简单真实，不忸怩。

在专心调研与戏谑调侃间，文化社的人把民间文化传承的事，那种已被尘封多年且不是太直接关乎民众个体利益的不太好办的事，磕磕碰碰、跌跌撞撞地一路摸索着搞起来了，而且有声有色。几个外表都不是很康巴汉子的哥们儿，真真干出了康巴汉子要干的事。今日康巴汉子的文化气质，承袭了一些骨子里的耿直与倔强，会将康巴人那种较为强硬的个人意志在工作上展露出来。这也许就是这一方土地上从古至今生命骨血里的另一种民族特质，民间文化的传承和发扬需要有几个这样的康巴汉子来守护、引导。

高原的天光岁月也让一些藏民的脸上有了真真伪装不来的绛色晕红，就是人们常说的“高原红”。不是饮酒后那种扛不住惊扰、抵不住诱惑的醺红，更不是轻薄浮华的胭脂粉红。有人说是因为高原紫外线的照射，又说是因为消化和吸收了牦牛肉和酥油茶的高蛋白与氨基酸。并非全然吧？在我看来，那是一种始于魂魄、源自健康纯洁的无瑕心灵，由内向外渐渐渗出的“生态红”，求不来的，是上苍赐予的，是有着心理和生理的双重纯洁美好的人的脸上才有如此显现的。如天真无邪的孩童、清纯羞赧的淑女和壮硕寡言的少年，以及那些脸上经常漾着真实笑容的人。我发现，“高原红”最不屑于欺瞒和逢迎，它只将最真实的本意奉送给内心最真实的人，没有高低贵贱与贫富强弱的分别。

阿克尕诺的脸上就有着“高原红”。他是一个孤儿，天生失聪。据老辈人说，藏区民主改革以前，懵懂少年的他就跟随转山朝拜的青海香客来到卡瓦格博。有好几种我们可以想象的理由，他留下了，连同一套简单的行囊和一身单薄的衣裳，还有一个他自己也不知道的名字——尕诺（是一同随行的香客告知的）。感谢这一方热情善良的人们，让他从此也拥有了自己的房屋和一小块土地，并乐此不疲地开始经营起了这个“迷你型”的家，心无旁骛地过上了无声世界“单身贵族”的日子，日出而作，日落而息，从此就只是乐呵呵地逢人就笑呀笑。只因这样一种很低微的物质需求得到满足后，那颗再平凡不过的心就更加安静了，静得几乎没有声息，只把天地自然之气，在一呼一吸间均匀地收纳，这便是人们所说的清心寡欲，也就是所谓的心安吧。他就是那个把自己的心很好地安驻在灵魂静谧之处的人，如此，内心才会在不知不觉中柔绵而坚定地萌动出一种无形的力量，把激愤、贪婪、怨忧和妒忌的乖戾之气统统拒之门外，邪不扰身，毒不入体。他那颗平静的心有条不紊地把温润的血液泵向全身，把天地赐予的纯净空气和谷物养分送达五脏六腑，一天天、一年年不懈怠地劳作运动之后，身体发肤就慢慢散发出隐隐的健康光泽,那张漾满笑容的脸上也就经久不褪地渗透出了令人艳羡的“高原红”。吔！这又是一种雪域高原上不可多得的自然色相呵……

也是二十多年前了，天意吧。那时的我好高骛远，嗜好一口瓶中之物，一个自诩为理想主义的愤青。对很多事物都嗤之以鼻，不知天高地厚，很快迷失了自己。在那个年月，个人感情、事业跌落一地，摔得七零八碎再也捡拾不起来。单位上回不去了，又被谈了两年的女朋友甩了，甩得我好久好久都回不过神来……之前奉劝过我的挚友送了几个字：“逆耳忠言不听，你搞嘛！”谁也怨不得，是自作。

之后,怀着惶恐又追悔莫及的糟糕心情漫无目的地四处晃荡。老酒，也同样在随身的玻璃瓶里晃荡，却怎么也晃荡不出自认为的清高，只是把落魄失意晃荡得更加不堪。就在这时，阿克尕诺把我拉进了他的小屋。

当然，在他那儿是得不到任何言语抚慰的，可是，那种聋哑人所独有的丰富的面部表情，眉头上眼神里微妙地流淌出的一缕缕慈祥的关切,嚅动着的唇齿间发出悠悠的呢哝声,还有脸颊两边蔓漾开的“高原红”衬托的温情微笑伴着频频的点头又摇头，就已经深切地表达出本色之人绝对伪装不来的悲悯和怜惜。这就够了，这就比多少滚烫炙热的言语都还管用。那些世间大道理在这位聋哑的“高原红”老头面前显得那样的苍白无力，老人家一个简单的行为和一张红红的笑脸就举重若轻地把我搞定了。哎嗨！喝下这碗阳光老头款待的热气腾腾的酥油茶，我重新拾回了爽朗与自信。唉……只可惜，当时没想到要给他来个大大的拥抱。

“高原红”虽不能构建一种意愿中的景观，也不是色彩范畴内可以让人驻足的一笔主流格调，却让我幸运地撞上了，使我由灰暗渐趋明朗，并教我见识并懂得了一些世间色彩，受益匪浅，感谢那位善良又安静的老头。

对于“高原红”，不知人们是无暇瞩目还是不屑顾及，抑或见惯不怪。但是在这儿，我想象出了一幕欢快热烈的卡通电影般的动感画面：

——迪斯尼乐园式的一扇拱形圆门缓缓打开，突然间，仿佛是一位大神轰然倾倒了满满一大篓红红的小苹果，嘀嘀嘟嘟、跌跌撞撞地向我扑面滚来，空中充满嬉笑闹腾的童声，小苹果们蹦跳、欢笑着把我掀翻在地。霎时，我已被满世界红扑扑的小圆脸紧紧地包围、裹挟、掩埋了。瞪眼一看，哇噻！像牦牛犊般的康巴小孩，苹果般通红小脸的康巴小孩。嗨嗨……嚯嚯……唉哧、唉哧……哈哈……嘻嘻……这个时候，你是谁？我是谁？我们曾经是谁？都已经不重要了。

沿着国道 214 线驱车爬升到白马雪山垭口时，那一阵阵劲风从山巅呼啸而过，无数的风马经幡旗纵横盘亘于这一处海拔高度标志点，近千平方米之广，无规则却又井然有序。由数不清的幡绳自由拉抻组合的经幡旗群，一簇一簇，一蓬一蓬，呈波峰状起伏在弧线形的盆状开阔地段，决然壮阔，而且五彩缤纷。

从雪山垭口台地边缘起，左侧往高处缓缓延伸又向南十几公里是十分广阔的阪状草场，右侧的远处是高耸入云的山崖，壁立千仞。山崖脚下几面巨大倾斜着的砾石滩几乎直贯垭口台地，绝佳的高山美景。就在这两侧正中的宽阔台地上，矗立着这大片迎风招展的五彩经幡旗群，哗啦啦……哗啦啦……声色俱俱，直掣蓝天。

一般来说，人们都不会去事先约定，也不需商榷何时何处去搂经幡，只要有着典型险要隘口的地势，半山腰的台地和经常路过的自然地形中的特殊地段，都会有彩色经幡悬挂，且多与嘛呢堆和煨桑台同一地点，如阿墩子的特腊卡和布蓬贡。从街道和房舍屋顶抬头往山腰高处望去，一眼就能看见山巅高崖或黛色山峦某一天然地标处的炽烈彩色地——那就是神祇聚集的地方，精灵、“尊尔”“日尔达”“隆尔”[①] 喜欢出没的地方。用现在的话来说，就是多维时空的交集处，另一神秘世界的隐

① 尊尔：厉神或煞神；日尔达：山神；隆尔：龙神。

形窗口，就像电影《哈里波特》里火车站的九又四分之三站台，可在恍惚间电光火掣般穿越时光隧道，抵达另一神秘世界。

神怪们不可见，不可触，只能用心灵，用桑烟和各色旗幡共祝互勉。人们把谷物抛向空中，净水撒向煨桑台，口中念念有词，举手投足间表情凝重，谦恭里也带着轻松随意。如弦子舞歌词的唱段：翻过一座高山，经幡高高悬起；翻过两座高山，桑烟旺旺燃起；煨起浓浓桑烟，祈求护佑安宁……仿佛各位山尊地神也正在左右，与他们一起祷告着、吟诵着，祈愿三宝护佑天地吉祥，人神共享，世界和平。

煨桑祈祷和系挂五彩旗幡的人们那样不显疲乏、不辞劳顿地陶醉于其中，原来如此。

超越了三维时空的世界观，可以赋予你无穷无尽的想象，从山风不时呼啸而过的崖壁神秘之地，从扶摇飘渺的袅袅桑烟里，从山谷里回声跌宕的祷语中，我似乎是在自己灵魂的某一深处，隐约感觉到了那另一个时空里芸芸众生的神奇状态与情境。它们也一样拥有如歌如诗的浪漫情怀，一样拥有对色彩痴迷的爱。

五彩经幡顾名思义有五色，依次由上及下为：蓝、白、红、绿、黄。蓝色象征蓝天，白色象征云朵，红色象征火焰，绿色象征绿水，最下面的黄色象征黄土，亦即大地。五种颜色的排列次序不容颠倒错位，也正是大自然的物质存在的立体排列形式。风马旗中的马是神速的象征，意寓快速。人们悬挂风马经幡旗就是与众神一起真诚祈愿，受五种自然物制约的世间一切事物，由对立转向和睦，由坏转向好，由凶兆转向吉兆，由恶转向善，由厄运转向幸运。

古老沿袭而来的简洁仪式，其愿望朴素美好。藏民们用煨桑点燃希望，用色彩表达信念。他们借助风的魅力，像展开彩色的帆，以直接简便的象征方式，寄托于遥远的时空。经幡旗在旷野山坳中迎风起舞，人们在四季更替的天地之间放飞心灵。

行走在东南部藏区，冲击着我视觉感官的是冰峰雪谷的壮阔和秀美，是蓝天白云下舒缓起伏着的山脊与茫茫草甸那种莫名的律动，是薄雾掩映着的莽原林海及跋涉后邂逅的一泓深蓝幽静的湖泊，是横断山脉与大江大河千万年不曾停息过的纷争交集——大峡谷。而这些美到爆的景致时常会有天然绝配的奇幻色彩，梅里雪山告别来自遥远孟加拉湾暖湿气流频频光顾的夏季而悄然进入逐渐冷凝的深秋之后，那幅日照金山的绝美景观就在清冷的早晨如梦幻般地呈现了。那一时刻，不知别人如何，反正我是醉啦……醉倒在这人间不多见的奇幻里。

拂晓的晨光中，一切从朦胧开始，大峡谷对岸的极高之处，雪峰依稀可见，星辰隐退前天空里清灰色。恍惚间，卡瓦格博十三峰在泛白中透起一层浅粉色的亮，晕红的粉色很特别，对了，就是那种京剧青衣、花旦脸上过渡状的胭脂粉红。这是序幕，金灿灿的主角登临前的开场戏，仿佛景与人的心灵互动相通，仿佛上天赋予了它人性的矫情，要先给你来个热身的粉色，给你来一勺盛宴开席前的醒口汤。然后，金灿灿的主角在光与色的拥趸下徐徐登场了。在一片静谧的天籁之中，在天高地阔的峡谷之上，在纵贯南北的三江并流之域，那一抹稀世的金黄来了，片刻铺满连绵群峰……

此刻，我忘却了一切，等回过神来，金黄已渐渐隐去，停留不足五分钟。它就那么的矜持，不愿以骄傲的色彩多驻留于人间一时半刻。嗯，是了，因为它在这清晨只赐予一霎时的绝美金黄，我都差点忘了这是雪域的神山了，用凡俗的眼光来做比对，有失恭敬啊！

随后，耀眼的阳光照亮雪山，照亮峡谷，照亮一切世间景象。这是高海拔、低纬度地区在秋高气爽的时节特有的敞亮，飘渺轻薄的尘埃已悄然匿迹，空气中的雾状水分因凛冽的冷而凝结成霜霰后，轻柔缠绵地扑向苍茫大地和山野林莽。如此，纯净、明晰的天空任由阳光透射，目视之处，一切自然色相更加充盈饱满。这时的天空更显出湛湛的蓝，雪峰更透出晃晃的亮白，俨然一副天地间不羁的冷傲与高贵。

雪线以下很明确地界分着黛色山峦，纵向沟壑与横向山脊，这一地段覆盖着茂密的天然林木植被，远望呈偏紫色的墨绿，油画中称之为“酞青”。偏紫，是风景画中远景设色的一种视觉特性。再往下就是澜沧江干热河谷土黄灰褐色叠层地质构造的崖壁与陡峭砾石坡交错盘结的复杂地段。因地表坦然裸露于煞白天光和烈日罡风之下，历经无尽岁月，大江的两岸都就全然披上了沧桑的粗粝和豪放。它敞开胸怀，任凭天地洪荒凿刻出不见穷尽的飞流绝壁和怪石嶙峋，铭刻下久远的岁月印记。

这一地段的景色，如若提起画笔，我不知该用何种色彩来描绘，非世间颜料所能展现。

伫立在高山草甸观望景色，有时很难把目光聚焦，只能远眺极目处的寂寥与苍茫。蓝天下褐色大地上的山脊和莽原是起伏涌动着的，迎合山风的低鸣和云雾的飘移，随着光与影不可揣摩的变幻，人的心也变得深邃久远。

把这儿的自然景色框入画中，那就是“列维坦”式的风景油画，静谧中带着动感，无声处似有呢喃。虽如此说，我却毫无把握去摆布这

种色调，那是“列维坦”们大师级的神来手笔。

每到金秋时节，阿墩子古城西南面那一座植被葱郁的松日山，就在冬令时节前匆匆地换装了。尽披斑斓，红黄相间绿意犹存。那是一种浓稠的暖色，滋润、厚实、鲜亮的比萨饼般的颜色……对，就像是上界大神们用餐时不慎掉下的一大张比萨正落在了阿墩子的山上，把一座山都给罩上了。你若想解馋去伸手抓，仿佛会染你一手的色彩。

这个时节的人们更热衷于野炊，上山去寻一处茵绿坡地，垫起三石灶，取来山泉烧出一锅热腾腾的酥油茶，就着青稞美酒享用各色佳肴。这时有人扯开嗓门响亮地唱出一曲悠长的山歌，久久回荡在色彩斑斓的山坳间……

上山进入彩色山林幽僻的深处，就仿佛置身于魔域仙境般的童话世界，整个人都将被绚烂的色彩融化而不见形迹。这时心中会升起一丝忧郁的感慨，向天地探问：“我从何处来？将向何处去？” 顷刻，空中似有一苍劲的声音答曰：何处凡俗小人，怎的忸怩矫情？一切色相皆空，汝复亦然！

是的，那是一处着了魔一样的色彩汇集之地。到时，我将再次前往，它对我有着非同一般的吸引力。

雪域故乡的色彩是上苍从深邃的远古带来赏赐给人们的视觉盛宴，是我众多失落了的记忆片段中始终未曾遗忘的心里印迹，尽管身在他乡不知将滞留到何时，我都一定要在有生之年重返故里，浸润在雪域的高山大川意境般的色彩世界里，迷醉不醒……

梅里读山

高晓涛

外转山的前夜，我在雨崩村做了一个梦。这是我第三次到雨崩。我还记得第一次是在2013年的10月，我们把帐篷安在了下村尽头那一片开阔的草地上，下着雨，四周是林木茂密的大山，大山上面还有层层的雪山和冰川。我在梦中就好像高悬于森林之上，可以俯瞰广大的地域：见一黑豹迅敏矫捷，跳跃而去；又见一介于虎豹之间的神秘猛兽与一幼仔同行而去；又见一花豹被一鼓腹云豹噬尾，惊狂奔逃，无法摆脱；又见肥猫、猞猁等纵横嬉戏……其后，有无数动物飞奔而过，有一犀牛身巨体重，奔跑时大地震动，彼往而复来，疾行甚速，忽然折返回来，翻一筋斗，跌折脖颈而死。

这梦让我想起福楼拜的一篇神秘小说《圣朱利安传奇》，朱利安从小被训为猎手，血腥本能驱使他滥杀山林走兽。后来有一个宿命的预言降临在他身上，被夺走生命的生物以幻象的形式纠缠过来，生命在虚实之间繁衍与交杂，“森林变成一本拥挤、纠结的动物寓言集”——这一幕令人惊诧难忘。

在梅里的森林里，我时时产生类似的幻觉：“物种”丰富庞杂，无边无涯、浩如星际。作为世界上生物多样性最丰富的地区之一，梅里雪山在过去两百年曾经深深吸引了两类人：科学家和传教士——对于科学家，认识和发现是其主题，对应于现在科学文明的思维图谱（他们致力于在植物学、动物学、人种学、人类学等各方面建立树形图谱）；对于传教士来说，传教当然是教会的使命，但传教一定意义上是西方基督文明要统万物于一的思维定式，要以博物志的方式来统驭世间万物于一，因而本质上他们是一体。另一方面，梅里雪山一带居民受佛教思维的影响，“无常”观是其核心，成、住、坏、空是世界规律，由此人们对个别物种并不过多关注，更加关注整体与内在，并把内外两界视之为一，乃至互为缘起，彼此依赖（藏语所谓“丹智”），其核心体现为关于“具”的理念。[①]

① 郭净：《雪山之书》，昆明，云南人民出版社，2012。

我在想，究竟，我面对梅里雪山的时候，不知道在我身上的惊奇是更多地近似于西方人呢？还是东方人呢？毕竟，我们自小接受的教育是科学的教育，我年轻时读过的最多的书是西方的文学作品，我的思维方式不可避免地打上了现代科学的烙印。

转山路上，我随身带着两本书，一本是《圣地卡瓦格博颂》，另一本是《梅里雪山生物观察手册》。一本信仰者的《雪山圣地卡瓦格博》，一本现代人的科学用书，一个涉内，一个识外。外转山对我来说是内、外两条不同的线路；内、外，也是转山人的两种状态——我，一个汉族人，该怎样相信我选择的方式，在哪些部分与“阿觉娃”（朝圣者）一致，又在哪些部分与一两百年前的那些外国科学家或追寻解脱的人一致？

［转山日记］

7月1日　德钦—羊咱村—支信塘—永芝老路—隆那—永是通—马内通

梅里雪山外转山，是要将以主峰卡瓦格博为中心的13座雪山冰峰环绕一圈。起点在澜沧江畔的羊咱村，从这里翻越分水岭多克拉山，进入怒江流域，同时也进入西藏自治区地界。经阿丙村下行到怒江边，沿江逆行向上，抵达西藏察隅的察瓦龙乡，前行不久即向右拐再次进山。翻越分水岭说拉山口，再次回到澜沧江流域，沿河谷一路下行，到达澜沧江边的梅里石。沿江而下，经阿东村、飞来寺等地返回德钦县城。一路要翻越大小 7 个垭口，徒步强度很大。

20 世纪 30 年代，洛克到达羊咱的时候，还没有桥，只有溜索过江，既送人也运牲口，惊险万分。今天这里已经新建了水泥公路桥，桥头的路牌上标示着："贡山"。桥这头是羊咱村，扎西尼玛帮我们联系了登巴大哥家，为我们准备骡马用来驮拍摄设备。骡马在牧场上，我们约好先运装备到永芝村装骡。

过羊咱桥有两条道，往左是走永芝村的老转经道；往右是进入查里顶村向永久村方向的新转经道。查里顶村江边有一小庙"支信塘"，是外转经取钥匙处。小庙围墙下方有一块青石，据说这里藏有开启胜乐金刚宫殿大门的钥匙，朝圣者到此需用手摸，以示取得转山的钥匙。

永芝河谷水流湍急，公路比我几年前进村时拓宽了不少，眼看着马上要铺油路。我曾随好友扎西尼玛进过两次永芝。过去永芝村因为路

途险远，少与外界往来，但永芝人在德钦非常有名，在本地朋友的心目中，永芝村一度是梅里雪山一带少有几个保持和发扬着古老民风的村落。试举几例：当地藏族村寨素有打趣、互嘲的传统，以永芝人最为恢谐风趣，个个牙尖嘴利，须知这门“艺术”首要一点的是大器开放、勇于自嘲，才能立于不败之地。每年春节，永芝人都会为当地奉献一台藏语小品大戏，看过的无不为其机智幽默所折服。永芝人好酒，更擅酒歌。一次好友韦兄于永芝下乡，遇一老妪敬酒，酒歌只一句词，竟绵绵不绝、千折百回地唱了十几分钟，酒歌不断，杯中酒不停，于是，一曲酒歌轻松放倒一条汉子。我还看过“乡村之眼”项目里一位永芝大叔拍村民盖房子的纪录片，深刻地反映了村民与自然相依相赖的习俗与理念。有道是“靠山吃山”，梅里雪山诸村落自古靠着宝山，自有一套村规民约、爱林护山的好办法——这是梅里人为藏文化奉献的重要财富。

转经路从永芝村沿河谷溯源而上，一路上升，沿着陡峭的山崖进入密林之中。一开始，河谷两岸多半是山崖峭壁，河水激荡山石，不时形成跌水飞瀑。“路通过栎树和松树森林，从深渊往上爬”，洛克写道。“深渊”一词很传神，要从澜沧江过渡到怒江，意味着要垂直上升近 2000 米才能翻过垭口，然后你当然要再下降同样的距离，才能到怒江边上。

而路上的七个垭口中，除了一两个海拔高差相对不大，其余差不多落差都在一两千米。

洛克走的是永久村的线路，两条路在隆那河边汇合，这里有一个小卖部，几个绷着塑料布的棚子，几排大通铺为转山人提供住宿、茶水和简陋的饮食——多半是方便面。之后有一营地，帐篷外挂着牌子，写着："为转山人免费提供酥油茶与青稞糌粑"，是当地村民与僧人共同募款发愿开设的。

再往前，上升一段路后，山势渐开，进入高山牧场，先后经过永是通和马内通，才能抵达多克拉山脚下。"通"是平坝的意思。沿途一大半地名都是以"通"相称，平坝是走出"深渊"之后难得可以休息、成为营地的地方。这两处地方是有小河流经的美丽草坝，四周雪山环绕，云雾缭绕，也是山下村民的高山牧场。登巴的侄子多吉的爸爸在牧场，放牧他和亲家格茸江初的100多头牛，整个羊咱村就只有他们两家养牛了。火塘上架着口平底大铁锅，里面是烤得焦黄的奶渣，这奶渣是用传统的打酥油桶打出酥油后，用余下的奶水加热，捞出奶渣。营地外面，两个小伙子给骡子钉马掌，骡子把头埋进马料袋。

7月2日　马内通－多克拉咱—康拉顶—谢拉谢米拉山脚—多克拉垭口—子数通

从马内通沿河上行约一个多钟头，到达多克拉咱，即多克拉山脚，意为石梯山，从这里起告别隆那河，沿对岸山崖向上攀行，行路如登石梯。由于刚下过雨，路上可以看到蚂蟥。

到达康内顶，山势变得开阔。康内顶是过多克拉前最后一处营地，有帐篷和小卖部。从这里可以远远望见五彩经幡装饰的多克拉山口。往前经过一段慢坡，不觉中已经攀升到高处，回头望下去，两侧山崖气象雄壮，中间谷地草坡舒缓，感觉很像新疆天山中的牧场。三哥，我们的向导格茸江初说，我们右侧山崖后面，有一个白色湖泊，称为措嘎牧场。每年五月底到六月中，成片的杜鹃花和各色野花盛开，景色非常美丽。

这时有云雾时而自山口迎面飘下，时而又有山雾从身后的山脚向上漫过我们，一时如在云中，有鸦群在风中盘旋。藏语“谢孙谢米拉”，意为“生死分离坡”，像一堵巨大的墙壁，兀立于面前。多克拉垭口就在上面，但因山坡陡峻，竟完全看不见。这一段路是整个外转经路上最艰辛的一段，据说已经去世还没有转到好的生世的亲人们会将希望寄托给朝圣人，并与之同行。而走到谢孙谢米拉，一般亡灵都能得到超度，便不再与人同行。

有的书上说，这一段路不仅艰难而且阴森。确实，山坡陡立，满是之字形的斜路，好在我们到的季节正是山花盛开的时候，满坡黄花倒也令人心情愉悦，只是回不得头——回头令人心悸。

朝圣志上记载，多克拉山口有诸佛菩萨的天然自成像，周边山崖经风雨剥蚀，形态奇异，漫山遍野挂满了五彩经幡。山口处风力遒劲，立不得足，急忙下山。这段下山路也是转经路上最为陡峭的下坡，号称有一百零八道拐。三哥说，今年三月他陪一些内地客人到这里时，道路全被大雪淹没，只有一个办法，就是以行李为“滑板”，坐在上面，从山坡上直直地滑下去，惊险刺激。几个客人一开始吓得胆战心惊，待滑到坡地，又大呼过瘾。不过话说回来，这样做仍然是十分危险的，为了保护路人的安全，当地政府自山口安置了长绳，笔直地垂降山脚。一百零八道急拐一路下坡，两侧山崖上开满杜鹃、绿绒蒿，山脚下的河谷里满是报春花、金露梅、银露梅。

山脚一处有小卖部，略为休息，喝过酥油茶，沿小河顺流而下，就到了今晚的宿营地——子数通（意为“三根本——上师、本尊、空行一道场”）。这是略为开阔平整的小草坝，前后都是密林，据说这一带

有世界上全部的树木种类。这当然是夸张的说法，不过冷杉、高山松、华山松与香柏有各自的形态，观看对面山坡，可感受不同树林形成不同的质感：冷杉是硬质蜡笔的笔触，松林如工笔素描，卷柏团簇如油画。

晚饭后，有两头骡子不见了！推测是跑回了多克拉垭口方向，它们大概想翻山回到另一边的牧场去。三哥叫儿子白玛和侄子多吉两个回去找，天下着细雨，两人只带了头灯就上路了。两个小时后，天已经黑了，听到山路上有马铃的声音，多吉和白玛一人牵一头骡子下山来，说两头骡子马上就要翻过多克拉垭口了。

7月3日　子数通—章恰朗—卢卫色拉垭口—曲那通

从子数通开始的第一段路，是转山路上最幽静、抒情的一段。这是行进在河谷山林中的舒缓山路，树木、野花、河溪、山泉，处处移步换景，既有参天巨木，树下又有各色菌菇、山花，连树皮上也覆盖着地衣、青苔，其细微处自有无穷变化，有整座山林的质感。《雪山圣地卡瓦格博》[①]说，章恰朗一带的“花草树木都是空行母的化身，栖息在这里的飞禽走

① 仁钦多吉、祁继先编著：《雪山圣地卡瓦格博》，昆明，云南民族出版社，1999。

兽都是圣地的家畜和门犬”“所有树木是天然的华盖、胜利幢与锦幡”。不管怎么说，我们走在这里，自然感到内心安详悦意，有遗世之想。

卢卫色拉垭口不是翻山垭口，它是沿着半山绕过的一个山口，并不很难走，但是卢卫色拉的重要性仅次于多克拉与说拉两个垭口的。卢卫色拉意为“南方光明山”，这里是卡瓦格博圣地最南端的界点，在《雪山圣地卡瓦格博》中记载这里有大量的圣迹和朝拜点，其中最重要的是：向北可以看到天然的胜乐坛城，向南可以朝拜一座8万由旬（一由旬约合26市里）高的尊胜佛塔。山口的嘛呢堆附近，插了许多转山人留下的竹杖，人们还带来亡者生前使用过的饭碗，装着糌粑，据说这样有助于亡者的解脱。

我们在途中小卖部吃方便面的时候，遇过一个身穿镶边藏袍、背着弦子的藏族人，他说他是德钦江坡村的斯那邓珠，叫我们晚上在曲那通一起跳弦子。我们到曲那通的时候，斯那邓珠早已到了，他因为一路背着的两斤白酒兑红牛在路上撒了而大发脾气，正拉着我们的伙伴阿兴喝酒。

斯那邓珠是第二次来外转山，他说母亲去世七年了，生前没有机会来转山。自己这次翻越多克拉山时，看到满坡的花朵，心生感触，过山口时想起母亲的恩德，掉下眼泪。翻下山后，在山脚草坝子上，斯那邓珠拉起一首弦子，唱道：

山上的雪水融汇，

我们在这里相遇，

想起我的母亲……

我们在他的棚子里听他唱歌，同行的村民跳着弦子，这是带有即兴味道的舞蹈，起式优雅，渐渐放开，变得自由、奔放。周围几个棚子里的转山人聚集过来，大家意犹未尽。晚上，在曲那通大路上，三台摩托车从路两头打起车灯，人们在路中间跳舞。

曲那通意为黑水坝，这道河自冰川融下，河水发黑，故有此名。以前人们最怕过的就是黑水河，2000 年，德钦红坡寺的扎巴活佛发动乡民募捐，修建了铁索桥。这里过去只是一个小卖部，随着摩托车道修通（年老体弱的转山人可以搭摩托），使这里成为摩托车手的聚集点。在这些陡峭的山路上骑摩托车，惊险、刺激，这些车手们把他们的冒险、勇敢与赌命气质融入这间营地。半夜了，营地依然歌声不断，伴着酒、笑话、扑克和吹牛……

7月4日　子数通—辛康拉—那通拉—阿丙村

从子数通到阿丙村的路是结结实实地翻过一座大山。三哥说，按我们的速度要10个小时，上山5小时，下山5小时——还好，我们走了8个小时。

路上很多栗子树，三哥聊起老熊，栗子是它们最爱的食物之一，它们会爬树摘下树枝，取食栗子。狗熊一般会躲着人，但偶尔也会下到村里去吃苞米，政府不允许伤害他们，田里遭了熊害后，可以向政府取得相应的赔偿。熊伤人的事件较罕见，但近期在德钦燕门一带就发生过。阿丙村这一带野生动物很多，当地村民中过去打猎的很多，后来政府收了枪，打猎的就渐渐少了。

辛康拉山头有一眼泉水，是噶玛巴加持过的圣泉。但是今年干旱，泉水干了。再往前，翻过那通拉山，就是一路下坡。过山口不远，有一片松树林，树下一片樱草杜鹃正开，适逢山雨挟雾而来，远山似隐似现，明亮的散射光在对面虚空中勾画出远山的脊线，显得远山高大无边。而这边松树树干笔直行立，松枝勾曲、松针簇聚、松果点点，形成曲谱式的栅线与音符。雾气流动弥散，时而浓重成雨，一片寂静。——身处这不可名状之景中，心头跳出葡萄牙诗人佩索阿的诗句：“这时灵魂已被 / 无知的动人的摸索夺去。”[1]

阿丙村只有一条街，S 形蜿蜒而下，两侧是村舍、客栈与小卖部。听人说，过去这里有放蛊的习俗，一些转山人不在这里停留。现在很多转山人选择在这里搭车前往察瓦龙，所以阿丙村比过去热闹。阿丙村的房子过去都是石头砌的外墙，木质窗户，有的分四格，可分别打开，上面绘有装饰图案；或者整个窗户当中镂空雕刻出一面圆形窗格，一面墙上雕花各不相同，看上去富于变化。

今天阿丙村统一涂了白墙，其实在我看来，石墙的肌理更耐看，更有质感。阿丙村人好用彩色涂饰，其用色与基本西藏色系不尽相同。西藏多用五色坛城之色（白、黄、红、绿、蓝），阿丙村主要用四色：红、白、绿、蓝，这种配色清雅，有南亚味道。小卖部很特别，一般沿街是半敞带檐的廊亭，靠街一边隔以木栅，这一空间介于室内室外，功能多样，既可以摆几张小桌椅，成为茶室，也可只摆一张长椅，成为闲坐聊天的场所。晚上，我走到这样一个小卖部前面，一个身穿黄罩衫和绛红长袍的藏人（大概是瑜伽士）喊我一起坐坐，廊亭另一头木柜打开，

① 费尔南多·佩索阿：《不安之书》，北京，中国文联出版社，2014。

里面有电视和DVD，正播放电视连续剧《米拉日巴》，语言不通，只好打手势互相交流。

7月5日　阿丙村—日龙龙巴—拉康然—曲珠—队格（白石沟）—察瓦龙

阿丙村到察瓦龙，在没通公路之前是非常难走的路，除了怒江边悬崖上的栈道令人生畏外，更有白石沟的流沙坡经常夺人生命，被视为天险。

我们随昌都来的一群转山人一同搭车朝拜。出阿丙村，沿黑水河一路下行抵达怒江边。快到怒江边时，路旁山崖上有一片摩崖石刻，有天然自现的释迦牟尼像、绿度母像、经文，这里叫“日龙龙巴”。有一处奇异凹陷的岩石刻满经文，《雪山圣地卡瓦格博》上说这是格萨尔王追讨魔王时，魔王趺坐的印迹，附近还有格萨尔王的足印；但也有说这是莲花生大师的讲经台。其实《雪山圣地卡瓦格博》上记录的许多具体的“圣迹”，朝圣者们一般也不大清楚，只记得大概。除非遇到一些僧人，他们能看懂古老的经文，或者带有详细的《雪山圣地卡瓦格博》，遇到这样的机会，三哥也会虚心请教，了解外转山的“知识”。

黑水河汇入怒江的河口有拉康然小庙，从这里起是著名的怒江干热河谷，长满巨大的仙人掌。其成因，有说是“焚风”效应，也有说是“河谷风”造成。总之，日头毒辣，干燥异常。再往前不久到曲珠，另有小庙一间，旁边有一经幡围起来的巨石，上有十分优美的藏文字母，可以成为藏文书法的典范。

曲珠过去接近察瓦龙的地方，有一道从山顶倾斜而下的白色流沙坡，就是著名的白石沟天险了。过去这道流沙坡每到下午，就风飞石不断，十分危险。进入西藏自治区境内，为安全起见，当地政府制定了晚上六点后不许行车的规定。

7月6日　察瓦龙—汤堆拉山口—格布村

在田壮壮拍摄的《德拉姆》中，一名察瓦龙小学女教师的故事是片中最出彩的一段。12年前，扎西尼玛外转山时经过这里，还特意用镜头拍摄了女教师的身影，或许从她的故事里同样品味到人们面对命运的渴望与不甘。今天的察瓦龙变化巨大，重建的小学就在客栈对面，孩子们的宿舍正好临街，许多孩子挤在窗口看外面来来往往的转山人。街道已经准备好铺柏油了，新建的几家宾馆都有三四层楼高，还有几家歌厅喧哗吵闹一直到半夜。察瓦龙与“外面的世界”已没有太多区别，女教师也离开这里，听说去了拉萨。

因为时间的关系，同行的几个伙伴需要提前一天出山，我们不得不改变行程。为了省下一天时间，我们要搭一段车到格布村，这样就不用翻汤堆拉山口。骡子也要装车运过去。一早起来，昨天谈好的司机领来另外一个人，开着一辆双排座小货车，我们设法把骡子装上车，先在车厢边栏上绑扎毛毯，起保护作用；再找一个土堆，这样骡子才能走进车厢。多吉在前面拉着缰绳，白玛和司机扎西多杰在后面吆喝。有一头骡子非常抗拒，只好用根绳子在后面兜住后腿，硬生生把它拉进车厢。

扎西多杰是德钦人，曾在昆明艺校学舞蹈，2000 年在沈阳跳民族舞，收入不高，就回来转行做别的了。扎西多杰有一辆面包车，但今年察瓦龙乡禁止外乡人在本地拉客人，没办法，只好帮朋友开开车、拉拉货。地方保护主义造成很多不便，即便是搭车转山的人，也不得不在两县交界处下车，更换对方的车，非常麻烦。路上翻过汤堆拉山口，下到谷底，是格布村。再往上，有一间小卖部，我们在这里卸下骡子。

当晚的营地，是从格布村小卖部上山，在前往打古拉山口的半山腰处。这里视野开阔，可以望见西方层层群山，也有雪山峭拔而出，但不知其名。黄昏时，有霞光映彻，西方天空云团锦簇，待红霞渐褪，满天泛青，独有日落处一脉淡金色，像一湾隽永的海。

晚上的星空堪称壮美——众星的光芒在风中晃动，星空虽然不是凡·高画中的漩涡，但万千闪烁的星光造成视觉的幻象，星空像是产生了皱褶，或结晶成多维空间——这天空躁动不安，“星空图像在自己的马厩里跺脚”（特朗斯特罗姆：《风暴》）。

7 月 7 日　格布—打古拉山口—玉曲河畔—卓卡（来得寺）

我和阿兴好走小路，在打古拉吃了亏，有一条小路走到头是一片密林，完全没有路径，只好退回原路。这耗费了我们一个钟头的时间和大量体力。退回来时在一个废弃的棚子前看到一个僧人坐着喝茶。这位僧人叫丹增，他邀请我们一起喝茶。这个废弃不用的棚子一无所有，只在地上铺了一个草垫，丹增就坐在上面，他的全部行李都在周边，两个编织口袋——装着一个铁壶、一只茶碗、糌粑口袋、茶叶包，还有铺盖。

这两只口袋，打起包来只用一个简易背架——两个 U 形的木条——两边一夹一捆，就打成一个大背包。丹增是从四川稻城过来的，用磕长头的方式来转山，他已经在转山路上走了一个月又二十天。

走过梅里外转山路的人都知道，有些路段非常陡峭，又有大石头形成梯阶，走路已属不易，何况磕长头！丹增是我们此次路上遇到的唯一一个以这种方式转山的人。

打古拉山口一带全是黄背栎。翻过垭口，下坡路都是大石头形成的梯阶，很费膝盖。林中铺着厚厚的松针，空气中有一股浓郁的松香，混合着暖日的味道。林中时不时见到各种蝴蝶。我看到珍珠绢蝶，在两只翅翼后缘有一对镶黑边的褐色斑点，看上去很像一对眼睛；琉璃蛱蝶黑色翅翼的外缘有一条宝蓝色花斑，十分漂亮；还有一只很像图谱上的斐豹蛱蝶，鲜黄色的翅膀上有黑色的碎斑点，在林中时有时无的光线中闪烁。

下到山脚，顺玉曲河方向沿山腰一线前行，这段路出人意料地漫长。最后到来得寺之前，山路似乎走到尽头，河谷突然收紧，从一段崩塌的峭壁踩着碎石片堆成的陡路——几乎是边走边塌陷——急速下到河边，再往前走 200 米左右过河，就到了来得寺，即卓卡（渡口）。这里隶属西藏昌都地区左贡县碧土乡。

7月8日　卓卡—来得村—香多山头—麦求崩宫—杜隆塘—说拉垭口—扎西牧场

从来得寺开始的这一天行程是持续不断的上坡路，一直引向外转山路上最后一个，也是最高的垭口——说拉。

第一段坡是从来得寺到来得村，这段山坡叫“稿扎拉”（稿扎坡），是灌木林带。来得村是四山环绕的小村，只有四户人家，守着美丽的青稞田与小麦田。

第二段坡是从来得村起，爬上香多山头到麦求崩贡——号称有八十道弯，藏语称之为“来得主教几九”。个人感觉这段路是转山路上除了多克拉之外最陡的一段上坡路，走起来也异常艰辛。

麦求崩贡意为“圣药岗”，据说这里有很多药材。爬上山头后，附近有一个相对平整的草坝，正对着梅里十三峰最北边一座雪峰。三哥说，过去转山路对外国人开放的时候，这个草坡对他们非常具有吸引力，一来，风景殊异：一面是高大的雪山，另一面可以看到一半翠绿一半赤红的说拉；二来，转山走到这里，只要再翻一座说拉即可大功告成，不仅心生喜悦且有不舍得离去的心情——反正我的心情正是这样。

12年前我的四位好友同转梅里，走到这里特意多住了一天，只为醉里看山，其中在明永教书的好友马骅写下《秋月》一诗：

四个年轻的男人在雪山对面枯坐，等待积雪背后
秋天冰凉的满月。有水波流荡其间的满月，
如天缺，被不知名的手臂穿过；
如莲花，虚空里那道霹雳。

友人在外转山后的次年不幸坠入澜沧江，这首诗收入他的遗作《雪山短歌》中。在临出发转山前，两年前我开始重新编辑整理的这本诗集终于出版了，两年前我也发愿要在今年外转梅里，这两桩事同时在今年顺利完成——在这外转山行程即将结束的时候，我一方面因为了却心事而放松下来，另一方面又因为心里好像进一步接近了这些诗句而隐隐地躁动，好像远处有一缕看不见的山风吹进心里。诗歌从来不能作为风景的描摹，诗歌只能印证心的传达，友人在诗集一小注中提到八指头陀外号“黄读山”，读山二字介于内外、融汇内外，以无间入有间。麦求崩贡正是“读山”的所在。

7月9日　扎西牧场——梅里水

关于说拉垭口的事情放在最后一天来回顾。

这是非常奇特的山，一半铺满青草，远看如翠；一半因风吹日晒，剥蚀得非常厉害，破碎的山体呈赤红色。近山则有矮壮的杜鹃花枝，盘杂交错如鹿角。说拉山口海拔达4800米，但并不比多克拉更难翻，只在最后一段路山崖陡立，且碎石滑滚，行走吃力。

翻说拉前，三哥特意叮嘱我们莫要高声喊叫，说这座山口只要大声喊叫，必定冷雨滂沱。《雪山圣地卡瓦格博》上说，这里也有许多忿怒诸佛尊身像；“说拉山左右都是岩刹、水煞兄弟和草地凶煞、龙煞等，人们途经此地连嘛呢调也不唱诵”。

过垭口，坡底岩石堆中看到“美丽的绿绒篙”，花瓣浅蓝，花蕊金黄，蕊茎深蓝，令人着魔的配色！接下来，成片杜鹃花，花丛下有各色野花：红景天、独一味、岩白菜……梅里水河畔，报春花盛放，吊铃般的花朵在风中摇摆，整片草地上都是这星星点点的花浪。

在到达扎西牧场前，只见一片林子，生长着高大的冷杉、柏树与松树。牧场上野花遍地，牛铃声不绝于耳，望得见河谷尽头、远方澜沧江对岸层层叠叠的山峦——这是两条大江的分水岭，众世界的过场。

从扎西牧场到梅里水，是漫长的下山路，有 20 座桥。我看到一对白顶溪鸲和许多叫不出名字的鸟类。

从针叶林走到阔叶林，到灌木丛，到澜沧江边赤裸的山路……这最后一段下坡路，穿过了梅里雪山的生物垂直分布带。面对山中无穷的生物种类，以及无尽地变异、转换、亚种、消失与新生，手中的生物图册只列出了这生态体系很小的一个侧面，博物志显得毫无意义——我们无法将万物安置在一份清单上！现实中，只有个体对个体的关系是有价值的：一朵花招徕蜜蜂与蝴蝶，一朵花想向一个人表达什么？在科学主义那里，一朵花无非是要传播它的种子与基因，然而一朵花却向观赏者表达了超越生物学的内涵。一个转山人穿过高山、河流、树林、牧场和变化中的村与乡，好像一组基因穿过了整个世界，他们交流、呼吸、看和听。因而转山的过程就像是：个体进入万物，意识进入觉知，珠子串入链，星光失于昼，你的话语杂于喧哗的水声……

我又想到启程时的那个梦，在福楼拜的小说《圣朱利安传奇》的结尾，当朱利安去拥抱麻风病人时，他获得了解脱——这是一则关于自我与他者的寓言；而我的梦，则好像《雪山圣地卡瓦格博》中标示出的转山路上那些“解脱者”深陷进岩石的脚印，向我们暗示了物质世界的虚妄、自我与“他者”为一……这些融汇的边界，暗示在这个唯物主义的世界里，仍然存在其他可能。

茨中，西藏门槛处的蓝桉

白郎

澜沧江青碧的水流星蛇形急流上，断岸千尺，秋风拖着深蓝天影，几匹骡马的眼瞳映出白茫雪山的莽莽新雪。这是1923年10月，澜沧江上游雪域秘境，约瑟夫·洛克带着他的美国国家地理学会云南探险队抵达茨姑村对岸。他们从大江东岸坐溜索到西岸，稍作休整，然后顺江而上前往两公里外的茨中村。

茨中也有过江用的溜索，是单根溜索，叫“平溜”，往往需要攀爬一段才能到对岸。洛克之所以选择在茨姑村过江，是因为这里的溜索是上下双根的陡溜，陡溜比起平溜来说安全且容易得多。那些习惯于过溜索的人在悬空的江面上轻松地滑来滑去，他们嘴里往往含着一块牦牛酥油，一边滑一边将油液吐在溜索上以增强润滑度。第一次过溜索的洛克被绑在一块半圆形的橡木滑板上，滑板泛着浓重的酥油味，两端用皮制吊带固定在溜索上，当在“嗖嗖”的江风中箭一般射向空中时，向来以英雄气自许的洛克吓了个半死。而被绑在溜索上的骡马滑过江时，张大的嘴发出一阵尖利的怪叫，蹄子在空中乱蹬，尾巴上翘，到对岸后，过度的惊吓使它们瘫倒在地上。

从茨姑到茨中的江岸有众多紫色斑岩，西岸的高山遍披浓黛，冷翡翠秋光濯濯如洗，高处的山茱萸、厚皮杜鹃、铜黄桦树、金红枫树令洛克流连。秋风起，偶有山果落下，这一带的美丽山野令洛克备感神逸，早忘了过溜时的惊慌。洛克写道：“坐在一根横倒在地上的树干上记笔记时，两只小鸟飞来，一只勇敢地站在我的手上，另一只站在我的臂上，我停笔不写，凝神注视着友好的来客。”①

2012 年 3 月 10 日，追寻洛克的步履，我们来到遥远得如同处在天界边缘的茨中。我们此行是来寻找当年外国人在梅里雪山区域的遗踪。嵯峨高山与泱泱流水依旧，壮丽“气场”的上端白雪堆琼泻玉，溜索早变成了钢索吊桥。茨中是德钦县最大的江岸台地，1923 年时只有 30 户人家，现已增加到两个村 1000 多人。村庄深处，几棵柿子树挂满了红果，西斜的琥珀色阳光打在上面，如唐代壁画上的一团猩红。当我们看到最

① 洛克：《中国西南古纳西王国》，昆明，云南美术出版社，1999。

大的一棵柿子树时，它寂静的灿烂之身，与著名的茨中教堂仅隔数十米。

穿着“帝国主义”外衣的茨中教堂能在时光的重重铁幕和无边马刺中幸存下来，是一个奇迹。要知道在当年的“破四旧”运动中，这可是梅里雪山一带最大的“四旧”。高耸的教堂拱门上端的弧形砖饰上有三圈文字，里圈的英文和法文已失去，外圈的拉丁文尚存。教堂最高处为中式亭阁攒尖顶，上面插着五色旗子，这些旗子属于藏族祈福用的经幡。在与教堂只有一墙之隔的藏传佛教信徒刘文高家中，我注意到屋顶的煨桑处插着相同的旗子。教堂的驻堂神父是北京派来的姚飞，现年48岁，是内蒙古乌兰察布市的蒙古族，2008年2月到的茨中，是1951年外国传教士撤离后这里的第一位专职神父。谦和而有静气的姚神父告诉我们，当年的欧洲传教士为修造茨中教堂付出了巨大的心力和物力，铜质圣像、彩绘玻璃、彩绘涂料、十字架、烛台及众多物料全从欧洲直接运抵缅甸，然后用马帮千里迢迢运来。钟楼上原有一口数百斤重的巨型铜钟，声闻数十里外，音色缥缈旷美，可惜在“文化大革命”被毁了。

一般认为，茨中教堂的修造时间是1909年至1921年。但开建时间显然有问题，因为茨中当时属于德钦林喇嘛寺的辖地，据德钦县档案馆保存的资料，德钦林寺于清宣统二年（1910年）二月二十一日与法国传教士彭茂美正式签署了相关地契文书，所以开工时间不可能早于此前。准确的开工时间是宣统二年，即 1910 年，才是合理的，到 1921 年竣工刚好 12 年，符合茨中的老人们“教堂修了 12 年”的说法。经过多方求证，茨中教堂工程的实际负责人正是彭茂美，这位留着长长络腮胡的大脸庞神父有着超卓的艺术修为，同时是一位杰出的工程师。他采用传统的包土方式主持了这一砖石结构的经典建筑。那年头是中西猛烈碰撞的年头，中西混搭的艺术调性成为时代风尚，茨中教堂虽远在与世隔绝的雪山深处，但仍被这股风尚所裹挟，它整体上的巴斯利卡式教堂风范，随处布满了精微细美的中式传统藻饰。茨中教堂建成后成为天主教西藏教区云南总铎区的主教堂，工程一完工，彭茂美即升任为打箭炉主教。

从地缘角度，茨中正处在云南通往西藏的“门槛”上，两者之间仅隔着一座梅里雪山。我已几度来到这里，雪山是诸神之翼，那迥异的洁白清洗我久泊江湖的尘霾。哦，世外之美无比古老，而且清新，被大自然唤醒，带着黑夜最后的星群，一排白色岛屿拖着神香在苍穹中显形，之前它们还是万千金蔷薇的合体，瞬间便化作上界的洁白。思想的洞穴和欲望的煞气消散，万物同源，一片巨大的灵意诱使我进入神秘源，源头积满了雪，仿佛周围到处是正在啜饮的甘泉。闪着幽暗蓝光的山巅简素而寂明，松风和天音在其倒影中互为镜子，并从四个方向刮出我的本性。

黄昏，纯粹而清澈的春光变得深邃，那浅金色流淌着秘密的灵息。缄默的教堂正醒着，敞开深沉的意识，吸入一群群光粒，对着微茫天际的远山白雪呼出隐匿的体香。教堂如此宁静，静得令人只觉诸法皆空，像山谷中的一棵松安静地喜悦着，立时便可听到远处澜沧江野生的沧浪之音，如海音，如松风，无止境。我慢慢地绕着教堂两边的葡萄园走，像个冒失的童子，闯入神话中的禁地，一排排葡萄藤尚未发芽，低低地、亲密地挽在一起，接连看到修女院仅存的方窗组成的残墙，一树老枇杷，两幅红色年代的毛主席语录——其中的一幅写着“下定决心，不怕牺牲，排除万难，去争取胜利”。接着看到需要四人合抱的巨大蓝桉、树冠蓬勃的月桂，这两棵古树与另一棵油橄榄皆为百年大树，被称作茨中教堂的“三海客”，都是当初传教士从海外引种的。他们秘不示人的乡愁，因得着这三棵树而得医治，奇怪的是，油橄榄我怎么没有见到呢?

教堂的碎影在松散地漂浮。不知从何处飞来无数喜鹊，像披着巫气的小精灵，在幽明的天空和大树上嬉闹，“喳喳喳”地叫个不停，有几只就懒懒地歇在教堂高高的十字架上。当它们黑白相间的魅影盘旋于低处，能清楚地看到腹部的一团洁白和黑翅上的一片幽蓝。鹊之“合颂”中，渐浓的暮色升上来，把教堂染为月白。

距月桂树几米外，有两座传教士的墓地。有碑文的是法国人伍许中的（近年重修的墓碑上写作“伍许冬”，据《云南天主教史》应为“伍许中”[①]）。约瑟夫·洛克到茨中时碰到过他，出于对精神使命的异见，洛克向来不太喜欢传教士。丽江的宣科曾对我说，小时候有次在街上看到洛克和传教士刚好碰到一起，传教士知趣地远远避开了，洛克却不依不饶，拿文明棍指着他们的背影用英语骂道：“敌人！”伍许中的法文名字是 Pere Ouvrard，在洛克的《中国西南古纳西王国》中文版中被译作“奥佛拉德”。洛克对他的印象还不错，他有句话被洛克记得很牢：给一个纳西人传福音比给一个藏族喇嘛传福音还难。伍许中系西藏教区云南总铎区的主教，他在宗教音乐方面造诣颇深，懂藏文，常以四线谱为藏文教歌谱曲，参与藏文教课编写。20 世纪 30 年代，他在一场严重的瘟疫中不治身亡，我在一帧老照片上看到了一袭黑衣的伍许中，敦实儒雅，戴着圆眼睛，脚着中式布鞋，是在茨中待过的外国传教

① 刘鼎寅、韩学军著：《云南天主教史》，昆明，云南大学出版社，2005。

士中最像中国人的。没有立碑文的墓地是法国人余伯良的，其兄余伯理死于1905年教案，葬在数里外的茨姑。在缄默的漫漫柔光中，在这春天暮晚的冒着世外之气的葡萄园，两座传教士的墓地让我想到里尔克在《穆佐书简》中所说的：“在那里，他们的坟墓本身意味着一种更深的吸收和亲缘。”

1895年率法国探险队到过这一带的亨利·奥尔良王子在其《云南游记》[①]中说：“湄公河沿岸的传教士就像哨兵一样，始终不知疲惫地等待着，满怀耐心地憧憬着，希望有朝一日能够进入西藏，用基督信仰去征服西藏。”一直以来，欧洲人认为西藏是信仰的希望之乡，生活在地球最高区位的藏族人比其他任何民族更虔诚和充满宗教情感，为把福音传入这片净域，传教士已奋斗了数个世纪。早在1624年，传教士就在西藏古格建立了一座教堂，之后又在拉萨、日喀则建有教堂，但都是昙花一现之举，未能立稳脚跟。1846年，教皇格列高利十六世下令设立西藏教区，并将中国藏族地区划归巴黎外方传教会的传教区。同年，滇川藏交角区域天主教历史上的关键人物罗勒拿企图从康定、昌都进藏，但被驱逐至广州。两年后，这个巴黎外方传教会的传教士乔装为商贩，

① 亨利·奥尔良：《云南游记——从东京湾到印度》，昆明，云南人民出版社，2001。

取道滇西北潜入西藏边地。1851 年，罗勒拿仍旧乔装成商贩从丽江来到中甸县（今香格里拉县）松赞林寺，由于罗勒拿的汉语很好，寺中略懂汉语的洛主活佛以为他是商贩，并对他带来的一架望远镜极感兴趣。罗勒拿乘机提出希望留下来学习，半年后把望远镜送给活佛，征得同意后，罗勒拿靠这一锦囊妙计在寺中学习藏语藏文一年有余。接着他历尽艰辛来到滇藏边地位于西藏一侧的察瓦龙，以每年 16 两白银的租金向当地颇有势力的藏人茨旺租下博木噶山谷。1854 年 9 月 24 日，罗勒拿正式获得博木噶（崩卡）山谷，很快开始建造传教点。此后天主教的福音真真切切地在喜马拉雅地界上传颂了 11 年。1865 年 9 月，崩卡反洋教事件发生，芒康一带的 300 余僧人攻打崩卡山谷，焚毁教堂，传教士吕项过溜索时殉教，传教士毕天祥、余伯南带着部分信徒仓皇到云南境内的菖蒲桶，数月后翻越碧罗雪山来到澜沧江畔，向叶枝纳西头人买下一块土地，建立了由教徒组成的村庄——茨姑，这是 1866 年的事。1870 年，这个新的立足之地已有 24 户人家，其中不少是传教士从四川带来的汉族信徒。

整个晚清时代，中国各地反洋教事件频频，伴随着中西方各种力量错综复杂的剧烈撞击，在宗教意识形态的争锋中，喇嘛教与天主教之间矛盾不断，多次发生教案。其中规模最大的一次是 1905 年四川巴塘教案后，蔓延整个滇川藏交角区域的维西教案（当时梅里雪山周边隶属于维西厅），清军烧毁了德钦林喇嘛寺，导致事态无可收拾。愤怒的数千藏族僧俗持续围攻清军，焚毁西藏教区云南总铎区的茨姑主教堂，处死传教士蒲德元、余伯南，相继捣毁分布在澜沧江、怒江沿岸的 10 所教堂。而事后不久，美国传教士德门内亦杀死一名喇嘛（见《德钦县志》，1997 年）。维西教案平息后，传教士用所获得的赔款在比茨姑丰饶得多的茨中村重建了教堂。

当我们顺着澜沧江西岸来到茨姑村，见不大的山坳间稀稀拉拉住了三十来户人。百年前的教堂遗址已变成一大片葡萄地，主人是一旁的住户梁小华。现年 52 岁的梁小华是汉族人，他告诉我们，茨姑村的居民大都是汉族，祖辈从四川跟随传教士来到这里，现都已藏化，村民中有两户信仰喇嘛教，其他都信天主教。1895 年在这里停留了三个星期的亨利 · 奥尔良，在其游记中记述了茨姑教堂有 20 多米高，三重檐，有众多汉式彩绘和木雕装饰，开建时造了三年。站在三面环山的教堂遗址上，感到这个位置天造地设，非常符合藏风聚气的风水法度，左前方对着澜沧江宽大绿绸似的江流，其上耸立着白色神座似的白茫雪山。葡萄地上，高高地立着一根褐黑的木头电线杆，上端横钉着一截细条木块，像极了欧洲墓地上的十字架。传教士蒲德元、余伯南的墓当初就在这附近，“文化大革命”期间，由于担心遭到破坏，被信徒悄悄迁到了后山。据说蒲德元在遇难前向信徒立下誓言，说在他死后若遇到艰难，可继续来找他，他将会为大家祷告，护佑大家。所以在茨姑、茨中一带，当遇到灾患时，不少人会前往蒲德元的墓前祈祷，这在当地成了一项小小的民俗。

3 月 12 日是星期天，晨光旖旎，日头一翻过山梁，茨中的天主教信徒就聚集在教堂参加弥撒，他们一遍又一遍地唱藏文赞美诗和藏文圣歌，不停地祷告，然后聆听牧养他们的姚神父的讲授。茨中村有 600 多个天主教徒，这天来了 100 多个，大多是藏族，也有些汉族、纳西族、傈僳族、白族，在日常生活中大家都已藏化。我还碰到了茨中唯一的一个怒族信徒。空旷的教堂里飘满了甘甜的颂声，双手合十的信徒们脸上挂着谦卑。两排圆拱形门廊绘满了古朴的卷草纹和如意纹，与上部数不清的圆形植物绘饰构成一种深切的瑰丽，光从四面的拱窗、圆窗涌进来，明影和暗影纷纷散为幻影，与深处斑驳的褐色、黑色、蓝色、橘色、白色糅合为神秘的渊面。清寂的灿烂，灿烂的清寂。踩在红莲花上的圣像、环绕圣像的靛蓝缠枝、铜质十字架旁的点点白烛、藏族婆婆头上玫瑰大花似的头巾、捧在心口上的发黄经书、受洗婴孩的啼哭、华丽廊柱下嬉耍的儿童……生活是一种呼吸，不可言说的微妙存于细节，一切尚鲜活，古老的昨日在延续。

带领大家环绕教堂做祷告的是83岁的肖杰一，他捧着的经书格外大。每个星期天，只要没有特别的事，肖杰一都会被孙女扶着来参加弥撒，令人惊讶的是他会说汉语、藏语、法语、拉丁语、纳西语、傈僳语，能流利书写汉文、藏文、拉丁文及部分傈僳文，我们采访了这位茨中教堂的“活字典”。肖杰一的教名是弗朗索瓦，于1929年出生于茨中教堂，其父肖国恩是四川打箭炉的汉族，精通拉丁文，追随传教士伍许中来到茨中；母亲是修女院的预修生，系巴东村的藏族人。肖杰一从小即在教会学校学习藏文，13岁时到维西花落坝教会预修院跟着瑞士传教士杜仲贤学习拉丁文、汉文，16岁后被选派到昆明约瑟修院深造，1951年2月被抓到丽江大研农场劳改，1984年落实政策回到茨中。1985年，政府把茨中教堂归还给信教群众时，里面满是垃圾和粪便。此后教堂大门大开，但没有人敢进去，工作队来做了几次工作，于是肖杰一大着胆子带头领着几位老人进去念经，信徒们观察了一段时间见没出事，才陆续进教堂。现茨中信众使用的圣教经课都是肖杰一编的，他对民国期间茨中教堂的状况非常清楚。我拿出外国传教士在茨中及周边的老照片资料让老人家辨认。他告诉我，那时的传教士中最有学问的是法国神父古纯仁，他是一位博士，藏文极好，编写过藏文教义经典、藏文字典，能自己印刷藏文教经，著有法文版《藏边二十年》一书。另一个法国神父安德烈曾参加过欧战，是位工程师，主持开通了茨中到怒江白汉洛教堂的人马驿道，同时是巴美溜筒江铁索桥的设计者，夏天时他特别喜欢穿木屐，法语把这种鞋叫 sabot。进入 20 世纪 30 年代后，瑞士圣伯尔纳铎会逐渐取代巴黎外方传教会成为在滇藏边域传教的主力。肖杰一指着老照片上一个骑马的传教士说，这是瑞士神父赖昭，他骑的是杜仲贤神父的马，这匹全身红白相间的马四蹄俱白，叫“花脚”。赖昭是个乐师，脚踏风琴弹得极好。瑞士神父国尊贤在傈僳文方面颇有造诣，编写的傈僳圣歌、经书很受傈僳人欢迎；他曾用废旧的钟表发明了一种专门对付苍蝇的小机器，一天能消灭上千只苍蝇。另一个瑞士神父罗维是古纯仁的高足，精通藏文，医术不凡。肖老师告诉我，1951 年传教士被遣返时，茨中教堂的三个驻堂神父是古纯仁、沙伯雷、罗维。回到瑞士的罗维后来成为整个瑞士的红衣大主教，活了 90 多岁，2004 年才去世。

在茨中，往昔苍穹的赠礼之一是法国古老的玫瑰蜜葡萄，那不断浮动着紫晕的藤蔓，仿佛是时光密布着奥义的脐带。到茨中的第一天，姚神父即请我们品尝了用这种葡萄酿造的醇厚红酒，他告诉我们，当年法国人带来的这种葡萄从不用打药，在法国本土已绝迹，却在遥远的茨中传奇般茂盛地生长着。当年，传教士走到哪里，葡萄都会跟着，因为做弥撒时，象征耶稣宝血的葡萄酒是必不可少的，顺着澜沧江而上，在西藏一头，有个地方就叫“给拉”，藏语意为“葡萄园”。茨中教堂两侧的玫瑰蜜葡萄园，是后来补栽的，当初传教士亲手种的葡萄园，仍有一片幸存于教堂以南的围墙外，现属于茨中林管所。当我站在密密麻麻的百年葡萄旁，碗口粗的根藤有若神秘之蛇，一条连着一条，缓缓上升的黑色骨脉形成弧形的环，凝视这个环，我感到一种时间之外的存在。

离开茨中的头天晚上，在藏族村民杨汉生家中，我们见到了当年法国人酿制葡萄酒的器具，像口锅似的铜制圆形器具有几十斤重，是用来做白葡萄酒的。杨汉生是上门女婿，妻子是傈僳族，教名为“日诺尼伽”，她两岁时父母即双亡，被瑞士神父罗维收养于教堂。罗维被遣返时，将其委托给在教堂中专职酿酒做饭的藏族人约瑟，器具正是其养父约瑟保存下来的。帮着抬器具的是杨汉生的女婿吴鹏，他是白族支系拉玛人，来自维西县文登乡，他是汉传佛教的信仰者。杨汉生的另外两个女婿没在家中，一个是藏族，一个是汉族，都信仰藏传佛教。像杨汉生一家这样多民族、多信仰的家庭，在茨中一带很普遍。信什么，这是每个人自己的灵命，是每个人的缘分，各人信各人的，不应受到干涉。当天主教徒在家中按照天主教的礼俗办事时，佛教徒会友好地参与进去；而当佛教徒在家中按照佛教的礼俗办事时，天主教徒也会友好地参与进去。在这诸神之地，人们学会让万事相互效力。

行走的音符

——聆听神灵滋润的弦音

阿珂东子

深情的弦子

阿若康巴翻过东拉山

由此东去朝拜阿尼卡瓦嘎

静立在阿尼的身边

倾不尽心灵的诉说

拉起悠悠的弦子

絮语如雪花飘飘洒洒

阿若康巴翻过东拉山

由此西去拉萨日光城

静立在大昭寺默默祈祷

倾不尽心灵的诉说

拉起悠悠的弦子

心如拉萨河悠悠潺潺

横断山的东南一带，三江并流之处的康南峡谷，那里的人们爱雪山，爱弦子。太阳从东山到西坡，伴随不息的江涛，不停循环着日出日落的精彩。从故乡到拉萨，那是他们人生辗转回步的吉祥之旅，一路弦子，一路勒斯玛啦，他们叫阿若康巴（康巴伙伴）。

据说，玉树高原发现了 8000 年前的古墓，由此可知，那时代已经有各种生产工具。 据说，很早很早以前，玉树高原牧业发达，于是，游牧民族顺江河源头迁徙而下，起于玉树，经金沙江、雅砻江、澜沧江、怒江等地区。玉树是源头，那里有囊谦县，囊谦是“内部发达”的意思，也是“内阁大臣”之意。最主要是，那里有冉古——牛角弦胡，是毕汪（弦胡）的祖先。从源头向东，顺雅砻江迁徙而下的人们，赶着史上最纯种的牦牛与山羊，来到九龙县。渡江之时，羊皮筏子没办法载牦牛过河，于是老祖宗们留下一群人一群牦牛在九龙谷。先民们赶着羊继续南下，一路留人，一路宰羊，羊皮搭肩继续南下，于是，尔苏藏族，纳西族，彝族，普米族，摩梭人，直到缅甸黎族……都披挂羊皮，都说是为了纪念披羊皮于肩而来的祖先。

这一带的人们离世时，都要魂系灵魂树，托仙鹤将灵魂送回祖先居住的地方。传说，他们的祖先在北方的雪山下。据说，北方野牦牛角做成的弦子，流传在巴塘、芒康、德钦、察隅等农区。几代后，北方带来的牛角琴拉旧了，牛角破了，人们想找到野牦牛角做琴筒，需要翻山越岭，几年后才能到源头找到野牦牛。后来，农区的人们在森林里发现达玛木（高原杜鹃）可做琴筒。杜鹃木琴筒保留牛角琴筒从粗到细的造型，琴轴上雕刻各种塔状图案，琴身较短。传说就是这样，没有具体的依据，后来的人们学会了忘记传说，这只是一个远古的传说，没人去考证了。弦子就成了唯一的依据，我们的思维，从北方的巴颜克拉山到南方的印度洋，从西边的沱沱河到东边的太平洋。江河流淌万载，弦音却在历史里，依然谱写时光行走的美好韵律，记录着时光行走的步履，依然在江河的源头袅袅流淌，多么美好啊！

后来，因为弦子的演奏技艺越来越好了，弦子越来越动听了。与其回味历史不如陶醉在琴声里嘛！

婀娜的弦胡琴

有关毕汪琴的制作工艺以及用料非常讲究，智慧的藏族人民把弦子的制作工艺与用料等用弦子演唱出来，就是关于赞美毕汪的弦子曲《扎念曲扎降措》：

弘法妙音金弦子
需用各种好材质
达玛木来做琴筒
龙玛①木来做琴柱
羔皮搭上金鞍子
马尾撑在银弓上

这是父亲一直爱唱的一首弦子，流传在康南金沙江、澜沧江、怒

① 龙玛：藏语，山柳木质，轻而结实。

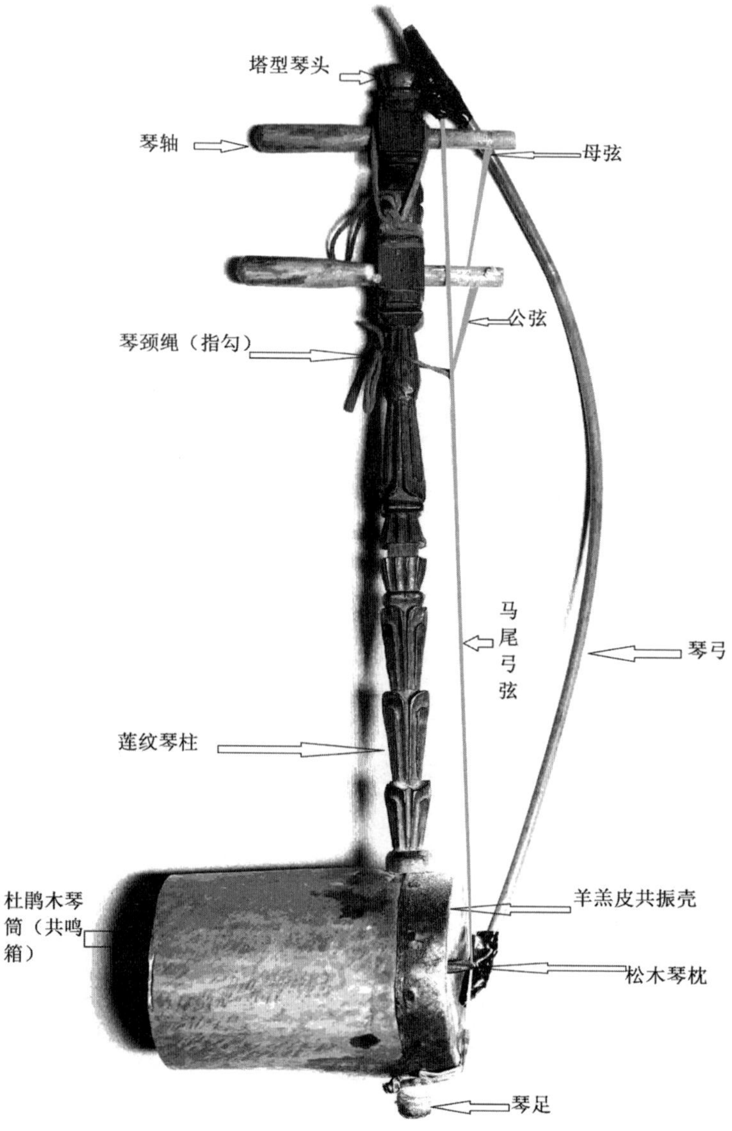
塔型琴头
琴轴
母弦
公弦
琴颈绳（指勾）
马尾弓弦
琴弓
莲纹琴柱
杜鹃木琴筒（共鸣箱）
羊羔皮共振壳
松木琴枕
琴足

江沿岸的乡间。民间乐器制作工序用歌颂的形式来传承的，这是值得骄傲的。毕汪琴从琴头到琴足，都有讲究。琴的结构与六道轮回有关。琴头必须是塔子，寓意为上部神域。如今人们的思维也开阔了，于是弦子的琴头出现了牦牛头、马头、龙头甚至鹰头，如此这般，此起彼伏。琴轴到琴筒之间寓意为人间，公弦为佛祖，母弦喻为度母，琴颈线将公母弦紧紧缠住，就像天上的黑白云朵相遇而出雷鸣一样，使琴声更加悠扬动人。琴筒包羊羔皮，寓意为雪域高原，琴鞍为北方冈底斯神山。琴底部出头的琴足，是因为下部地狱的众生也需要听到优美的弦子。轮回的圆与弦子舞的圆也不谋而合，所以，信仰无处不在。因而，作为一个深爱弦子艺术的人，第一要尊重毕汪，第二要加倍爱惜自己的乐器。弦子艺人们时常会把毕汪放在火塘上方的梁架上，其一是为了唱起保持木头与羔皮的干质；其二是让炊烟熏染出黑亮之光度。每逢上山砍柴，会特意选取上好的松木，取得松脂带回加烘烤后滴在琴筒与琴柱接合部，方便弓弦擦松脂。由于毕汪演奏的最高音局限于高音（do），毕汪演奏几乎不用下把位，于是，德钦的毕汪艺人，为了美观，会在琴柱上雕刻莲花纹、长城纹来装点。

三江之岸　弦音悠悠

长在弦音萦绕的金沙江边，是我今生的福气，老祖宗留下了千年唱不尽的弦子，让我们享之不尽。感谢卓越的祖辈，让我们在大山怀里，听到弦韵悠悠。

从 1985 年开始，我就行走于田间地头，寻找心灵的歌唱。这些以弦子组成的种种乐段，时时陪伴我；然后回到远离故乡的地方，寻一处角落，安静地整理。这种乐此不疲的行走心情，总觉得自己是一个不断行走的音符。

卡瓦格博神山如一座中心轴，将弦子这样美妙的音韵辐射在它的周围，巴塘、芒康、得荣、维西、察隅、左贡。弦子就在这些地区播种开花结果。

歌与语言有关，语言与人的个性有关。在藏东康南被弦子渗透的三江流域，各地的语言个性有差异。芒康、巴塘、德钦、察隅等地之间，巴塘话有清幽之雅性，芒康话有浑厚之雄性，德钦与察隅话有甜美之柔性。弦子的个性也与各地语言个性一样。巴塘弦子（འབའ་གཞས）优雅，芒康弦子（ཁམས་གཞས）（芒康弦子被称为康谐，并不是康巴弦子的意思。

康谐是指芒康弦子）洒脱，德钦弦子（འཇོལ་གཞས）柔美。

从韵律形态上区分，巴塘弦子的旋律组成音符简易，容易传唱。芒康弦子讲究旋律音型的蜿蜒曲折的又富有男人的洒脱之气。德钦弦子的旋律婉转有女性的柔美情怀。

金沙江、澜沧江与怒江从高高的唐古拉山涓涓逐成江河，三江在康南如镶嵌三条金项链一样，把德钦囊括在怀。澜沧江与怒江之间，卡瓦格博巍巍挺拔，如万岁老人，聆听和传唱着远古心韵。德钦人世代在此繁衍生息。

透过浓郁的梵香，我们还可以闻到深厚的音乐气息，因为有阿尼卡瓦格博的加持，德钦弦子附有仙韵之灵气。

呐喊生山歌，

山歌生锅庄，

锅庄生弦子。

拉起弦子到拉萨，

壬，壬，壬！

弦子从古老的锅庄演变而来，加上后来弦胡演奏的运用，愈加使弦子的旋律美起来，脚步飘起来，让一种歌舞形式年轻起来了。弦子是年轻人的最爱，也是老人们诉说心情的最好方式。在巴塘、芒康、德钦的三大弦子风格里，德钦弦子的演奏技巧和弦子的旋律较为张扬，左手下把位的跨越使德钦弦子动人起来，悠扬起来，使弦子不再那么拘束，不再在较窄的音区辗转反侧了。琴弓拉奏的力度和节奏也活了起来，让舞者跳跃，让歌者放歌。那些痴迷于弦子的人们，这样唱：“我迷恋弦子忘了诵经，但愿来世一心向佛。”由此，完全可以感受那里的人们对弦子的热爱之情了。

神山神韵

2011 年秋，有幸与德钦的朋友从金沙江边的羊拉乡向西出发，顺着芒康河逆流而上，到了芒康徐中村，由此上国道 214 往东南，便经过盐井进入德钦佛山。之后进入卡瓦格博山下的斯农村和燕门、云里两乡。最后从德钦升平东行奔子栏、拖顶、霞落三乡。一路村寨歌舞升平，我倾情聆听，如久别故里，畅饮乡泉。弦子就是从金沙江边向西北绕到澜沧江流域，每一个地方的弦子，从舞蹈、韵律、演奏都有自己的风格。

锦缎镶边红狐帽
高高顶在我头上
就是到此舞弦子
次仁措姆莫见笑

氆氇彩带印度靴
潇洒穿在我双脚
是来舞场踏弦子
次仁措姆莫见笑

弦子舞场，是男人和女人展示风采与气质的地方，人们穿着不同的美装，各种穿法。女人的脸被粉红袖子映红出蜂蜜的光鲜（是因为过去农村女子用蜂蜜护肤，到舞场之前清洗后白里透红，感觉用舌尖舔一下便甜蜜入心似的，如今蜂蜜由各种化妆品取代了），那种透亮是蜜一样的甜美。伙子们，理所当然也要露出不正经的气质，上衣必须是左袖套着；而右袖子像尾巴一样甩在背后，那叫气质。舞动中“尾巴”可以随意摆动，甚至会拍打着右边的女孩，女孩故意含羞而笑，小伙子的气质也就意味着奏效了。加上弦胡声与歌韵美词，这个舞场热乎乎的，情神在这里飞来飞去了。

吉祥啊！圣地卡瓦格博。

吉祥啊！百座神山之父母。

藏族人民的颂歌一定是出自心灵深处的，俗话说“虔诚莫过于藏人”。德钦弦子种类太多太多，颂歌是其中最多的一类，各种韵律的颂歌，围绕着神山卡瓦格博，旋律婉转柔美，唱出德钦儿女对阿尼（爷爷）卡瓦格博的敬爱与虔诚之心。用灵与情诵唱阿尼卡瓦格博，那种骄傲以及归属感，就是生息在卡瓦格博神山下的人们时代延续的诉说形式，德钦弦子也因之而传播和进步。

遥远的洱海边

靓姐次仁措姆

牵来祥瑞白羊

披着洁白云裳

在金沙江边的羊拉峡谷，澜沧江边的德钦峡谷，怒江的擦卡龙峡谷，人们会幸福地唱起次仁措姆姑娘。爱与期待，总在柔美的歌韵和悠扬的弦音里，流淌在三江岸上。康南德钦汉子，调皮，智慧，只要有三条汉子集聚的地方，就有笑不完的调侃，唱不尽的情歌。洒脱而深情，灵动着心底的爱恋，开怀笑过所有的不悦与苦难。从而这些汉子总会有很多故事，一路故事，行走在弦音陪伴的旅途，如雨露与花儿般邂逅不完的深情与浪漫。如果你不会调侃或经不起说笑，如果你不会起舞弦子或唱上几段美词，那……只好靠边咯！那个年代，人们从大理到德钦到拉萨，一路弦子，一路调侃说笑，歌声与舞蹈，笑声与美韵，陪伴他们走过时代的茶马故事。

舞韵词端

一弯弦月

起一夜弦舞

琳琅圆满舞场

一把弦琴

等你，踏香而至

平仄的韵脚

点燃夜的美丽

我莲步轻移诗中踏歌

你衣袂飘飘舞韵词端

轻奏悠悠月色弦音

点燃袅袅月夜情韵

演绎琴瑟和鸣

弦舞蹁跹

万年情长

德钦，藏语称为“འཛོལ”，音译“居尔”；德钦弦子，藏语称为“འཛོལ་གཞས།”，音译为“居尔谐”。德钦弦子的歌词除了相聚、分别、相爱、赞颂、调侃等形式以外，还有一种叫“悲喜之歌”，是生长在峡谷中的人们对大自然的抒怀，对生活历练的总结。德钦弦子作为峡谷人的代表

性弦子，词韵恰如其分，恰到好处。歌词表达生活阅历的苦乐，韵律也婉转抒情。这种美妙的修饰音就是弦子真正的灵魂了。调性从属关系的反复利用是为词和婉转的修饰音做骨架，于是弦子如美人般婀娜、迷人。如果内心深处没有纯净的信念，美妙的韵律怎么会悦耳呢？起于心，悦于耳，就是最美好的音乐。比如《喜忧词》唱道：

སྐྱིད་བྱུང་ན་ཀྱུ་གྲོང་པ་ཡུལ་རེད།
སྡུག་བྱུང་ན་ལོ་ཆུང་འགྲོ་མོ་རེད།
ཁྱོད་འགྲོ་མོ་རེད་ཐལ་མ་བསམ་རོགས།
ཁྱི་སྡུག་ཉི་མ་ཁྱོད་ཀྱི་མགྲོན་རོགས་རེད།

心中的故乡让我喜悦
身在异乡令人烦愁
游走的孩子莫忧愁
太阳是你远行的伴侣

“东拉山的达玛开，马帮阿哥来拉萨”，这是一种浪漫的期待，拉萨的女子就这么盼着马帮阿哥的到来。在那个年代，茶马道上的汉子就是用大理的毛巾与优美的弦子迷住了拉萨姑娘。茶马古道中的云南大理至拉萨段，德钦是必经之处。升平镇，寓意为歌舞升平，可想而知，茶马古道上歌舞翩跹。那些拉着弦子，赶着骡子的马帮汉子，在长长的茶马古道来回不停奔走。那时候，他们是最好的信息传递者，多种文化也随着马帮汉子的来往互相流传、交融。弦子从原来的锅庄演变而来，后来有了茶马文化，马帮汉子们把外来的歌韵融进弦子，又把各地的弦子融合，德钦弦子自此也就愈来愈丰富和优美。茶马道，传出去茶文化，带进来各种歌谣。就这样，弦子在一条亘古的道上，美了又美，直到今天……

弦子《拉萨柳林》这样唱道：

༄༅།།ལྷ་སའི་ལྕང་མ།

ལྷ་སའི་ལྕང་མ་མ་བཙུགས་རེད།

ལྷ་སའི་ལྕང་མ་བཙུགས་ཡོད་རེད།

ལྷ་སའི་ལྕང་མ་བཙུགས་ས་ནི།

ས་ཆ་ཡིད་བཞིན་ནོར་པོ་རེད།

ལྕང་མ་ས་ལ་བཙུག་རན་ནི།

ལྕང་རྩེ་སྒང་དང་མཉམ་བྱུང་རེད།

ལྕང་རྩེ་སྒང་དང་མཉམ་བྱུང་རེད།

ས་གཞི་བསོད་ནམས་ཆེ་བྱུང་རེད།

拉萨没有柳树

拉萨要栽柳树

柳树栽在何处

栽在如意宝地

柳树扎根大地

枝叶与山齐高

叶茂润泽四方

……

这样优美动人的辞赋，显然是很多去拉萨的康巴人总结出来的，也是茶马历史中呈现出的极富有浪漫主义色彩的文化精髓。他们行走在长长的茶马古道，唱出所见所闻所触，舞着喜怒哀乐人间百味。有道是，康巴的马帮，喜也是歌，悲也是歌，走也歌，坐也歌，躺下亦如歌。任他风吹雨打，任他悲苦喜乐，一把弦胡，一曲弦音，轻踏弦舞，我行走在度量生命的旅程中，一直行走，不停息，没有终止。他们坚信：我没了，至少还有弦音悠悠……

乐观、幽默而极其浪漫的康巴马帮和商人，不停地经过各地，心存故乡，唱下很多思乡曲。他们每来到一个村寨，村寨里边有弦舞蹁跹。姑娘小伙儿邀请他们进入舞场，用弦子交流沟通，以弦歌弦舞来接下友情。譬如，流传在芒康徐中和德钦羊拉等地的弦子曲《邀我跳弦子》：

འབྲུམས་ལ་མི་ཤེས་ཟེར་རན།
འབྲུམས་ལ་འབྲུམས་ཤོག་ཟེར་གྲགས།
ང་ལ་གོས་ཅན་མེད་དེ་འབྲུམས་ཁ་ཚད།

འབྲུམས་ལ་མི་ཤེས་ཟེར་རན།
འབྲུམས་ལ་འབྲུམས་ཤོག་ཟེར་གྲགས།
ང་ལ་ཤོག་ཚེ་མེད་དེ་འབྲུམས་ཁ་ཚད།

འཁྱམས་ལ་མི་ཤེས་ཟེར་རན།

འཁྱམས་ལ་འཁྱམས་ཤོག་ཟེར་གྲགས།

ང་ལ་ཟ་ཡོང་་མེད་དེ་འཁྱམས་ཁ་ཚད།

说好不会跳舞

偏邀我进舞场

没有锦缎镶坎肩

怎好起舞蹁跹……

说好不会跳舞

偏邀我进舞场

没有印度靴子

怎好起舞蹁跹……

说好不会跳舞

偏邀我进舞场

没有金玉耳环

怎好起舞蹁跹……

此类的歌词，像似在因自己不会弦子而汗颜，像似在埋怨自己没有漂亮衣服。如果直接理解歌词的直意，会误解。诙谐而智慧的歌词，出自这些擅长用词迷人的德钦人，会表达的意义：“我”不来跳，有众多因素；我来跳，舞场自然会因而热闹。他们在群山深处，犹如山山对望，相比高下。快乐从心底而升，用“我”的快乐感染整个舞场。豁达而洒脱，调侃自己，快乐予人，信仰生活化，生活信仰化。如和谐天上人间，人们幸福代代。

神赋的嗓子回旋在山河，
仙姿般的五指舞动在弦上。
歌韵如甘露在心蕊闪耀，
白云作伴雪山为家，
自由芬芳在心灵的旷野。

关于心灵与归属话题，太多人用过于神秘的文句扎堆地去描述了，让那些原本简单的概念，弄得玄玄乎乎的。世代生息在神山下的人们，生长在雪山深处的人们，并没有执意去研究和挖掘神秘的灵魂文化。他们与神灵一起生活，有与生俱来的信念。小时候，每至秋收风晒麦粮，奶奶和姐妹们，边高高轻抖筛子，边吹起唤风口哨，她们没有解释这是与风雨雷神的对话，从来不说。当唤风哨在屋顶响起，丝丝风徐徐而来，让麦壳飘飞，这种呼风唤雨本事是家常菜了。甚至儿时跟随大人上山背柴，顶着炎炎烈日，大人们会不由自主地吹起哨子唤风，风儿如约而至，丝丝凉凉。诸如的事例太多，我在此不敢做神秘文化的研讨，免得又玄乎起来……这些始终信任于神灵的人们，明白凡事由心，心起就有果，果的好坏归于初心。于是，他们的音韵自信满满，干净地出于心，一点也不拖泥带水。所以，他们当中，几乎没有唱曲儿跑调的人，没有跟不上音乐节奏的人，如此深具天赋的乐感，就是源于纯净的初心。多么美妙……

弦韵挚爱

弦子曲风有热巴弦子演奏曲郎卓达仁玛（旅途弦子长曲）、郎卓达证玛（旅途弦子中长曲）、郎卓达通玛（旅途弦子短曲）。我把这类热巴艺人的弦子演奏曲称为“旅途弦子”，是因为热巴艺人长期游走在大山草原村落牧场间，行走在弦音袅袅的旅行中，无聊也罢，触景生情也罢，怀想故园与亲人也罢。总之，有行走就有创意，有创意就会用弦音来诉说，弦子在热巴人的胸怀里，就是故事。

德钦弦子

郎卓大通玛

1=F $\frac{2}{4}$ ♩=66　　　　记谱：阿珂东子

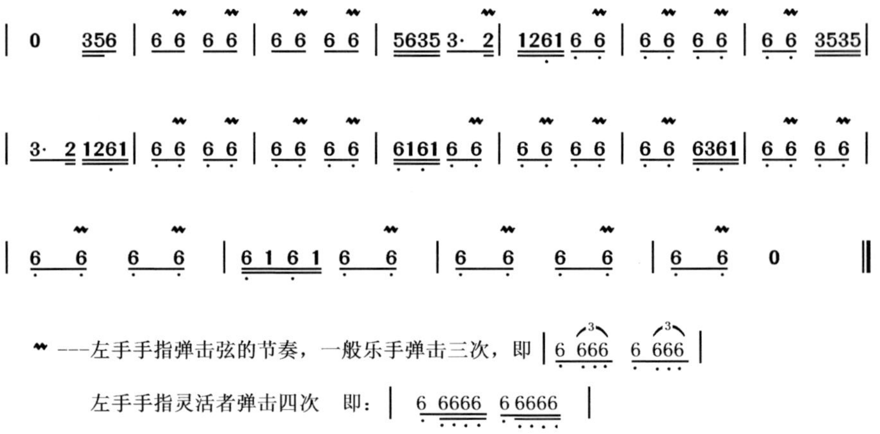

德钦弦子

记谱：阿珂东子

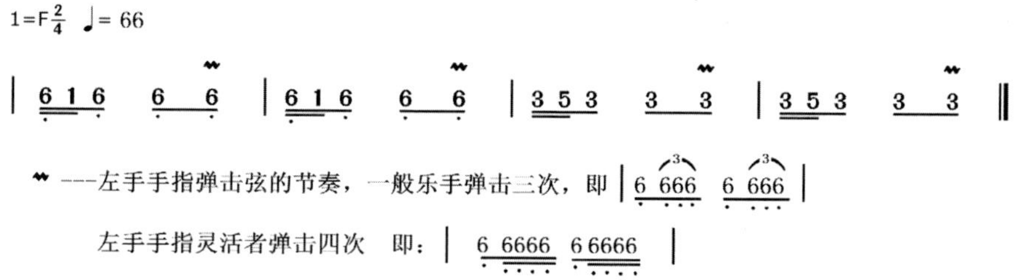

2011年秋季，我随朋友一起来德钦采风，来到卡瓦格博神山下静美的斯依村。正好德钦卡瓦格博文化社在村里举办弦子大比舞，邀我观看。期间遇见著名的德钦毕汪演奏家江坡赤列老师（已故）。我与江坡赤列老师一见如故，他拉着我的手，视我如见多年不见的儿子：“格（老师）东子啦，没想到你来了，太好了，太好了！”我也激动：“老师啊，您的大名东子早就如雷贯耳了，你为弦子艺术付出太多太多啦，今天有幸亲眼看到老师的演奏，实在太荣幸，老师就给东子奏一曲吧。”“东子啦！我要演奏，今天我弹奏最好的弦子演奏曲给你听……”赤列老师当时拉奏的就是郎卓达证玛的热巴弦子演奏曲。当时我就发现老师断了食指，剩下的三个手指在琴弦上还能炉火纯青的演奏，太动听了，太不可思议了……

因有创作任务，需要写歌曲《我的德钦》，我等一行人离开斯依村，回到县上。第二天一早与朋友一起朝拜阿尼卡瓦格博，从启程开始，江坡赤列老师的郎卓达证玛旋律一直回绕在我心里，令我思绪万千。当时卡瓦格博还被云雾笼罩，很多远道而来的朝圣者心灰意冷，说今天恐怕难以拜见到阿尼卡瓦格博咯！我一直坚信能看到，能看到，便用心地煨桑祈祷，转白塔。当转到一半时，缅茨姆揭开了面纱，露出美丽的尊荣，接着阿尼卡瓦格博也轻轻揭开了面纱，激动的人们磕头膜拜。就此时，我的耳旁又回绕起赤列老师的郎卓达证玛。优美的弦音回旋在耳旁，“一片雪花，轻轻落在，轻轻落在，卡瓦格博神山下……”旋律出来了，我赶紧跟同伴说，快点回城里，快点走。回到县城，在一家茶室，我完成了为德钦写的第一首歌曲《我的德钦》。感恩于阿尼卡瓦格博，感恩江坡赤列老师的郎卓达证玛，让我用心完成了《我的德钦》，献给阿尼卡瓦格博和德钦的父老乡亲们。

话说20世纪80年代以后，藏族著名的弦子演奏家江坡赤列老师作为引领者，带动德钦弦子艺人，把德钦毕汪的各种演奏综合成一体，很精致地演奏出这方弦子的风格，飘逸而柔美。江坡赤列老师演奏弦子，手指弹弦的技巧可以发展到小拇指弹弦，弹奏出弦子高音区的震音，甚是精美，

做到了很多毕汪艺人欲速而不达的技巧。我在 20 世纪 80 年代初就听过江坡赤列的弦子，如此仰慕了二十多年，终于在德钦斯依遇见这位大师。20 世纪 80 年代中期，江坡赤列还自创过很多次新弦子曲目，至今被热爱弦子的人们传唱。听过他很多关于弦子的故事，据说江坡赤列老师 30 多岁时，一天修理弦胡，不小心刀子砍断了食指，他来不及包扎伤口，吊着鲜血淋漓的手指急忙拿起弦子演奏，看见自己还能拉毕汪，高兴地叫道："我还能拉，我还可以拉毕汪！"如此倾心痴爱着弦子的人，令人仰慕。

一个民族需要一批仰望星空的人。是的，在无数个江坡赤列仰望星空的时候，我仰望他，仰望弦子，仰望祖先的美韵，仰望一切田间地头的诗篇。 繁星总在云雾深处，如果没有热爱，怎么仰望？江河与雪山赋予祖辈灵性，创作出如此动听的如此充满仙韵的弦音，流传到今天……江河依然，雪山依然，人们依然……

神韵舞指间

想学会弦子演奏，

那就带上弦胡，

钻进舞场吧!

拉起弦子旋转三次,

嘞斯夏姆就是最美的弦子。

琴弦上舞蹈,需要极好的音律天赋,德钦的弦子演奏,婉转动人。演奏时,除了左手的拇指垫琴颈外,其余的四指都要应用。调性不一样,指法也各异。5 2(su re 嘿嘿!莫念做五二)调式,左手每指的分配分别是:空(低音 5、中音 2)、食指(低音、中音 5)、中指(中音 1、中音 6)、小指(1 高音)。2 6(Re la 哦,不是三六)调式的弦子就要应用四指。

每一个村寨都会有至少两个以上的演奏师,弦子演奏的传承几乎是通过兴趣组的形式自然传承。那些酷爱弦胡演奏的老少爷儿们,每至劳作闲暇,围着村里的演奏师跟着学。当弦子的旋律和节奏能跟步的时候,他们会自然钻进舞场,跟着高手一起舞奏。起初是滥竽充数,久而久之,便慢慢掌握到舞奏的技巧,时间长了,新一代的弦子演奏师也就诞生了。难怪人们时常会说:想学会弦子演奏,那就带上弦胡,钻进舞场吧!

演奏毕汪时，大家经常会聚在一起，开始较量彼此的技艺，从模仿到交流，吸取相互的精华。日久天长，毕汪成了村里最热闹的娱乐，这一美好的艺术也得以世代延续，经久不衰。去德钦，会遇到很多弦胡演奏大师，他们都会不约而同地说是江坡赤列老师的学生。可想而知，那个岁月里，年轻人围着江坡赤列大师，没有拜师仪式，不用鸡血誓言，乐乐呵呵地跟学，飘飘悠悠地舞奏。大师惜才，学生尊师，都是与生俱来的。就在如此美好的氛围里，德钦美妙着……

多年来我有一种心愿，就是通过与众多毕汪演奏师努力，把毕汪演奏的基础理论集成为教材。从弹指的速度、节拍，到弦子在旋律中的各种装饰音的应用，把毕汪各种风格归类。把调性归类，演奏法归类，让雪山下的孩子们从小规范地学习毕汪演奏。把毕汪演奏的即兴性与规范性结合起来，这样使得随性又严格的乐器演奏技艺得以发展和开发，使其能走出大山，登上世界舞台。曾有众多的学者和专家，在不同时代对毕汪进行了严格采风与研究，藏族弦子的资料与文献层出不穷，他们为弦子艺术付出了心血，在此深表敬意。不过，采风是一种需要深入与透彻的获取行为，如果成天在博物馆与图书馆的资料里寻寻觅觅，写出的文字也是只言片语，皮毛之见了。我们需要深入田间地头，与父老乡亲一起，不但要记谱记词，更重要的是吃透弦子的韵味。弦子的灵魂音是各种装饰音，一个附点前移后置都会影响整体的风格。所以，很多人（除康南地区）学弦子，以为唱弦子必须要用656 656或323 323类似的技巧，并因此定论这种技巧为藏族弦子的演唱法。实际上弦子很少这么演唱，656 656或323 323应该泛指弦子演奏的技巧。弦子演唱的装饰音与韵尾音用得很极致的，不能随性处理。比如以下弦子演奏曲目：

德钦弦子

例1

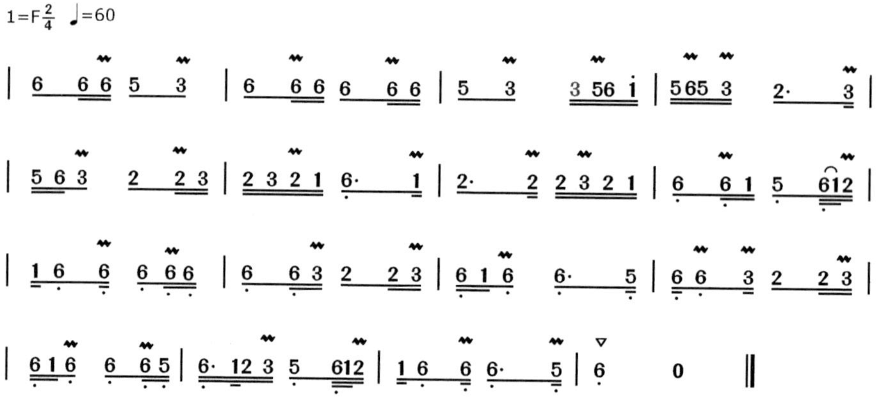

〰 左手弹指记号　不代表颤音

曼妙弦韵

弘法妙音金弦子
杜鹃木来做琴筒
隆玛木来造琴轴
金做鞍子银造弓

关于弦胡本身的来源，众说纷纭。很多有识之士，寻根弦子的起源，便自然地要跑到敦煌和桑耶寺去寻找妙音仙女的壁画，然后溯源弦子。也罢，人类问祖，是相知古人所云而教后人。我在田间地头寻访那些爱弦子的人们，汇总三十年来的各种“道听途说”，加上自己对弦胡的理解，认为三江并流是弦子文化的根源这一说法有极好的说服力。从北方囊谦地区的然古琴到中游德钦、芒康、巴塘等峡谷人的百旺琴，到下游湄公河流域黎族的牛角琴，主次分明，胡琴的用料与地域文化息息相关。弦韵结构，词的结构与手指的功夫都很相似。弦胡与二胡和胡琴的演奏方式大不同，琴的构造也不一样，音色更加不一样。所以，有人称其毕汪，把毕汪琴称为“藏京胡”，是不对位的。毕汪琴是以左手四指的关节来弹击琴弦而演奏的。百旺琴演奏其实就是弹奏的过程，不揉弦，不按弦，不滑把。音域不阔，也不到两个八度，音区在低音5到高音1，简短的音域，祖辈却引用得炉火纯青，实在是大智慧。用极少的音符表达最纯的心灵，简单而美好。

弦子的演唱技巧适宜于长期浸泡在弦子音韵的人们。天赋是前提条件，跟随村里最好的歌者，不断跟学，不断实践，从细节开始，慢慢铸成美妙的弦歌。

弦子特别注重于旋律美，恰到好处的修饰音是至关重要的。如下例：

德钦弦子

1=F $\frac{2}{4}$ ♩=66

记谱：阿珂东子

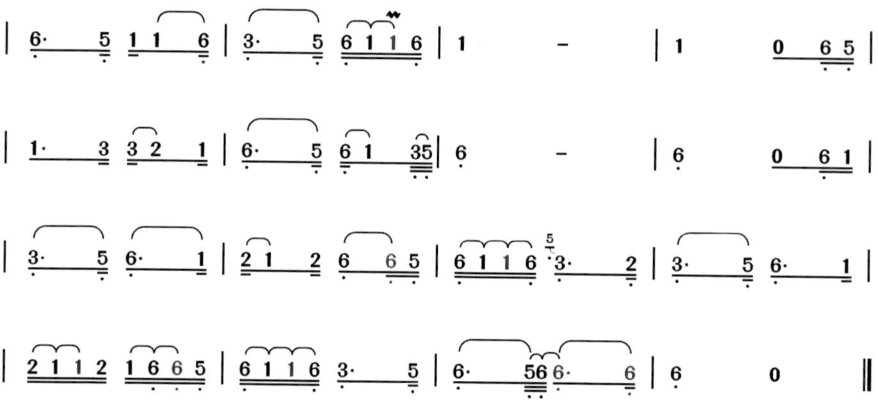

另外，德钦弦子的旋律音型下行半终止到羽音6，上行终止到商音2，这样的对比结构乐句通常用得多一些。比如商调式的|6135 2321| 216|羽音的半终止与|6135 2321| 2–|商音的全终止的对比。这种对比性较强的弦子，在德钦弦子里比较普遍。这样，德钦弦子的风格上就明显比芒康和巴塘弦子飘逸。这也许与当地的语言有关，德钦澜沧江一带的语言比较有柔性。比如说“再见”，德钦本土语言就是“ja nongo（谢谢）”，而“ja”字拖得悠长悠长，非常动人。弦子中的强调音的出现，又把德钦男性的说话个性凸显出来了，比如6116这样的强调音低音6不能唱着616这样平直而没有修饰的切分，强调音的出现，使弦子的舞动性和动律感突出来，弦子的可舞性也就表现出来了。弦子歌词的安排很有意思，后十六或附点后半拍按词，是德钦弦子典型的风格，如果弦子根据旋律音符的节奏一音一词地唱，那就完全无味无趣了。比如：

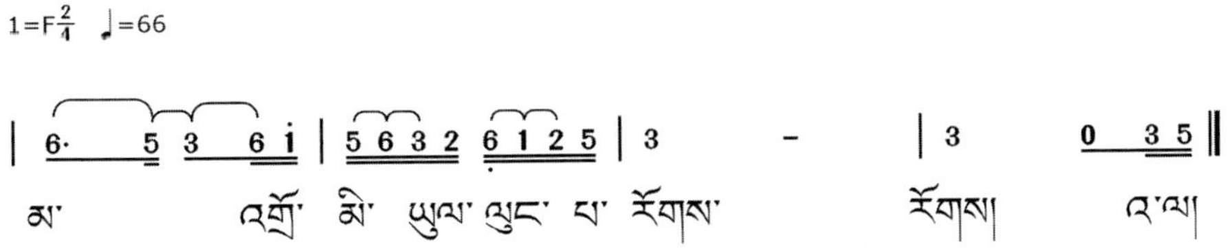

这种弦子的填词手段，前一个词的音显然很多，是为了更好地用很多音来抒情，让弦子更加悠扬起来；第二个词在整小节的最后一个十六分音符上，是非常讲究后十六的应用。另外，先辈们的音韵智慧是极致的，就连换气的气口都有音韵，我们暂时称之为“气口旋律”。比如：$|\underset{\text{luo}}{3}\ -\ |\ \underset{\text{luo}}{3}\ \underline{0}\ \underset{\text{a la}}{\underline{\underline{35}}}\ |$，一个乐句的结束顿收，然后通过休止后十六两个音两个词来换气。对渲染弦子舞蹈的色彩是至关重要的。所以，弦子演唱时乐句尾音不能拖全，一定要极致地用好气口音，这样弦子就有舞感，通常人们在载歌载舞弦子舞里，抬脚时会出现这样的换气音。这真可称为一秒给力，为下一句的歌唱和舞蹈奠基础，使舞之飘逸，歌之悠扬。

阿若康巴

阿若康巴啦，

唱起嘞斯玛啦，

翻越东拉山回康巴；

阿若康巴啦，

唱起嘞斯玛啦，

翻越东拉山去拉萨。

这是一首父辈经常唱起的弦子歌谣。

聆听悠悠琴弦音，心绪里一幅画久久萦绕，那位阿若康巴红头绳配着长长黑发，背着獐皮袋和一把熏黑的弦胡，穿着镶有黑布边的羊毛袍，扎着彩带的藏皮靴，行走在西行的暮色里。脚步与弦音在暮色里自信地踏响，那是背着信念走向拉萨的旋律，去敲开远乡的家门，对于他来说，家就在朝圣的路上。我难以用语言来诉说朝圣，想起来，语言只是生活的碎片。那就怀想吧！那位把大昭寺的佛扛在心中，一路弦子的康巴帅哥。怀想那一飘红头绳在夕阳下怎么样耀眼，怀想藏皮靴在黑土上踏起的灰尘。还有白袍彩腰带……无数次地消失在循环的黄昏，不间断，心中，只念叨大昭寺的佛祖。

没有骏马，

一双藏靴为座驾。

没有寝枕，

涓涓细流为枕。

没有知音，

一把弦胡足矣。

我的躯骨如阿嘎的灰尘，

撒向何处都是自在。

难怪啊！布达拉宫的每一座楼顶，阿嘎土伴随打阿嘎（阿嘎是一种土）调，年年在宫顶彻响，彻响在焚香不断的拉萨，弥漫出天宇的精彩……归途！路在延伸，在行走中缩短，信念逐渐扩展，云与谷，大地与天空，没有坚定的步履，路再多也是孤独。好在一路有弦子陪伴，再孤独的路途，也会神采奕奕。

守望弦音

大地的音符，是的，这是宇宙赋予大地的音符。茫茫雪原萌芽出每一个炫丽而圆润的音符，随着诸多圣湖滋养出的清泉，汇集成江河，流淌春秋。第一个哼唱民歌的圣贤啊！第一个弹响弦子的妙音人，应该是多么

的深厚而赋满仙韵，那是音变成韵的时代。祖先的世界里没有污垢，纯粹地与自然亲密，美美地回赠自然以美妙的韵律，圣洁而伟大，像空宇包容日月星辰，那时候的人就像神。我似乎扯远了，远一点，再回归，就是圆。圆的概念与哲理在这片茫茫雪域深处，高深而优雅。围绕轮回之念，圆成了无处不在的哲理。那就直接说弦子吧！日月星辰，春秋循环。爱自然的人们，遵循轮回的信念，舞成圆，歌成圆，音韵成圆。从起点顺时针舞到起点，没完没了地循环往复。像时轮转呀转，在无尽的寰宇，从初心到圆满。歌颂圆月，赞美日轮，轻踏世间的喜忧，弹奏轮回之大美。那种自在而用心的喜悦，就在圆满的舞场，从起舞之《相会曲》到尾声的《难舍情》，每一次反复，好似人间一段故事，无限循环，延续至未来。这种源于心灵的舞姿与美韵，就是诉说，相聚不离，轮回中时时赞歌，轮回中弦子蹁跹。有时是轮回美丽的旋转，热爱自然的人们，自然之儿女们，就在圆圈的空间里完成神的美韵、天的颂词、大地的赞舞。弦子舞，就是赞颂无限寰宇的赞舞，弦子就是天地灵气的赞歌。红头白袖金弦子，德钦男儿本色。头戴彩虹，轻飘云袖，德钦姑娘的身姿。对，德钦弦子，飘逸美好。这是轮回之神鳖，不停地转呀转，一直停不下来，停不下来……

行走在弦韵萦绕的峡谷中，行走在炊烟袅袅的村寨里，用祖辈熏染过的心灵，来回味这方神灵与弦韵缠缠绕绕的山语花歌，我们会不断地被一种无形的引力定格在昨天和今天。历史的诉说不是包袱，应该是光阴中指示我们前行的印记，于是，我们会自觉地从心底升起一种热爱，有了这样的热爱，步伐会更加坚定。

这么多年来，德钦人与我，如故人，这样便有了我对这片土地的深入与细知。这里有一帮年轻人，20 世纪 80 十年代留长发着红衣的前卫文艺青年。他们聚在一起，谈及各自的未来与理想，开始弹琴说人生，开始笔耕诉故乡。这些名字里包含着扎西、尼玛、农布、卓玛的时代者，慢慢组建了卡瓦格博文化社，初心就是续脉，续祖辈的文化。努力与理想中，渐渐成熟，苦难和奋斗里相互鼓励。到如今近二十年了，当年的长发青年如今成长为德钦优秀的儿女。他们各自创业，却没有间断文化社的耕耘。在他们的努力下，乡亲们对弦子艺术的热爱和对续根的认知不断提高。到如今，很多德钦人背负弦子，走向更广袤的地方，把弦子传给更多的人。德钦各地也年年有由文化社组织的各种弦子比赛，演奏、演唱、舞蹈、弦胡工艺等等，弦子的未来，一片祥瑞。在此，向这帮坚持不懈的曾经的青年人致敬，引领者有心则成，德钦弦子有阿尼卡瓦格博的护佑，有他的儿女的坚持，将越做越好。

一路德钦

弦子舞场

翩翩起舞

舞场上的康巴汉子

弦子

舞场上的藏族妇女

绒赞卡瓦格博

汤世杰

登上太子雪山的“明永恰”冰川时，诸神的宫阙突然在眼前显现。那是神灵的居所，冰砌玉构，金饰银妆，雄踞在海拔5000米以上的高处，真实，却又虚幻，就像一个晶亮透明的童话世界。冰川在我脚下。某个熟悉的人悄然逝去，脸上拂过陌生的风。在一天的攀登之后我已精疲力竭，我大口喘息，像一条被扔在沙滩的鱼。凝视，凝视，凝视……早上的太阳在冰雪之上舞蹈，为它镀上了一层金红。月亮尚未隐去，它一路与我同行。在刚刚过去的那个午夜，我在某个飘荡着酥油味儿的梦中见到过它，那个梦由藏语、藏经、经幡、嘛呢堆和酥油茶交织而成，纷繁斑驳，一直清晨四点梦醒，看见窗外挂着一轮月亮——瘦削，薄而透明。以至现在，当那轮月亮出现在我眼前时，我不知道它是不是真的属于人间。蓝天深邃如海，晓月如一块浮冰，很快就会漂向远方。

屏声静息是我那时的唯一选择——不慎惊扰了神灵，幻景就会顷刻间消逝。我想，金字塔形的卡瓦格博，那诸神之尊，刚从秋夜的宿睡中醒来，小头、宽肩，躯体庞大厚实，一身银甲，就像一个放大了亿万倍的卡通人物，一尊在现代艺术家手下夸张变形得十分厉害的雕塑，脸上——我说的是那像银制的锥子一样刺向天空的锋利的山尖——闪着初升太阳的血色红晕，庄重而又柔和。那个一身血气的康巴汉子，看来昨夜没顾得上去与缅茨姆幽会（意为“大海神女”的缅茨姆峰，相传是卡瓦格博的妻子或是情人）。守护是神圣的。当年，威猛强悍、倜傥风流的卡瓦格博随千佛之子格萨尔王出征恶罗海国（今印度一带），恶罗海国王出于缓兵之计，佯将美丽无比、艳若云霞的缅茨姆许配给卡瓦格博。不想却弄假成真，二人一见钟情，天地无双的卡瓦格博与绝世罕见的娇人合为一体，成了风雨与共的生死伴侣。卡瓦格博在缅茨姆的帮助下，很快就征服了恶罗海国。后来夫妻双双被格萨尔王派到那里统领边地。

按照当地藏胞的说法，他们是很好的一对儿，却并不能夜夜相会——神灵也有俗愿，有时也不能如意，这会让俗人得到安慰。云从山肚子里生出来，白、灰、红，像一缕缕轻烟；纷乱的色彩与光流四处游动，飘忽不定，犹如某部神话电视剧里的激光造型灯和动不动就施放的人工烟雾，让人眼花缭乱。风在四周吹拂，一直吹进我的胸中。钟鼓沉郁，

琴瑟悠扬，环佩叮当，它们一起鸣奏，在看不见的远方——我想那该是上界和彼岸。没有花，没有草，阳光下到处亮晶晶的。空中奏响了《绒赞卡瓦格博》[①]的赞歌——

南摩古如。[②]

在光虹交接的地界，

南方察瓦绒河谷，

“厄旺”[③]教法之垫上，

雄踞绒赞卡瓦格博。

山体如竖立的长矛，

山尖似白色的多玛[④]，

色彩如张挂的白绸。

---

① 《绒赞卡瓦格博》，是流传在青海玉树地区的一份木刻诗文。据说由在1247年以前的十多年间曾在康区传教的噶玛噶举派黑帽系第二世活佛噶玛拔希（1204—1283）为不能前来朝山的信徒而作。原为藏文，由还建华于青海玉树州志办丹玛·江永次称处收得并译为汉文。此处的诗文转引自云南格桑花卉有限公司编:《绒赞卡瓦格博》，昆明，云南美术出版社，1997。

② 梵文的音译，意为“向上师致礼”。

③ 梵文，代表方法与智慧。方法与智慧之教，即指佛教。

④ 一种圆锥形面制供品，通常是几个一排地供神。

——我向您祈祷，请悲悯。

……绒赞卡瓦格博

拥有八座同胞峰，

根本上师如云布，

慈悲福佑似雨落。

我向您祈祷，请悲悯。

……

神灵躲在肉眼看不见的地方，冷冷地打量着我们这些凡夫俗子，猜想我们的来意——事情肯定是这样。它们雍容华贵，沉默威严，犹如帝王，静候着臣民的朝拜觐见。这是个让人一眼见到就想施行大礼的地方。我想喊一声：“卡瓦格博，早上好！”却哑然失语，心咚咚直跳——在人间，即使真的面对一个一统天下、至高无上的权势人物，不管他是明主还是暴君，我也绝不会至于如此。人的痴傻笨拙，在一无装饰、纯粹如斯的大自然面前，才会真正显露出来。我把目光从卡瓦格博峰收回来，定定地从下往上慢慢移动，那由上而下的冰川，转眼就变成了一个向雪峰斜斜翘起的、巨大的滑雪板，只要我奋力一跃，就会冲上滇西北湛蓝的天空，再从那里遁彼岸……

很久以来的一个宿愿，就在那时变成了现实。就像以前一样，一个已经变成现实的宿愿，总会在实现的那一刹那受到尖锐的反诘：登上冰川究竟意味着什么？高不可及的雪山，万年不化的冰雪，那是亿万年时光的堆积、冻结和凝聚，冰雪里包含着亿万年前的空气、水分、尘埃，或许还有某些我们至今也无法读懂的、来自宇宙空间的信息。此刻它们都在我的眼前，在我的脚下。这么说，我已跨过甚至超越了漫漫时空，进入了史前和彼岸的世界吗？我不知道。

——在温暖的南方谈论冰川，就像在红尘滚滚的当今谈论远古圣贤，只能凭想象去填补话语中巨大的时空。对任何一个普通人来说，冰川都是神秘的，偶有所闻所见，无非某个古代冰川的遗迹，一块小小的冰渍石，一道必须凭借地质学专业知识才能辨认的古冰川擦痕，只鳞片爪，难窥全貌；跟大多数人一样，冰川对我更是一个神秘的、雪白得像一道闪电的空洞概念……当我昨晚借宿明永村，躺在藏胞的小木屋里，在一片浓重的酥油味里做梦时，我一直在怀疑我是不是真能有登上冰川的欢乐——谁能想到，在温暖的南方，还能一睹现代冰川的雄姿？因而我是幸运的——在这个秋天，我凭着双脚，登上了卡瓦格博的现代冰川“明永恰”——它深藏在滇西北那片隐秘的土地，在世人向往的香格里拉的深处，在滇、川、藏交界，在有着世界上独一无二的“三江并流”景观的德钦。

我的心在歌唱——旋律从踏上旅途的第一分钟就开始奏响。

秋天的迪庆高原，草甸红了，红得分外招摇，大地隽永明丽，古典味十足，展示着南方高原神奇的辉煌。几经辗转，我们从昆明前往迪庆州府中甸，然后，在一个秋雨淅沥的早晨，乘车前往德钦。

在中甸，朋友一再告诉我说，到了迪庆“香格里拉”，不可不去卡瓦格博；到了卡瓦格博，不可不去明永恰冰川。迪庆“香格里拉”雪山不计其数，唯有绒赞卡瓦格博才是藏族心中的八大神山之首，颇具王者之尊。它既是藏族地区的一大神山，也是云南的第一高峰。卡瓦格博，意为白雪之峰。所谓“绒赞卡瓦格博”，在藏语中意为“河谷地带险峻雄伟的白雪山峰”，它既指西藏察瓦绒河谷和云南德钦之间的太子雪山，也指雪山主峰，同时还是主峰的神灵之名，乃主峰、山神及整座太子雪山三位一体的称呼。它地处怒山山脉中段，金沙江、澜沧江、怒江“三江并流”地区，举世闻名。它逶迤北来，连绵十三峰，座座晶莹，峰峰壮丽，而卡瓦格博的主峰，海拔 6740 米的太子雪山则雄踞其间，雍容华贵，俯视群小，庄严肃穆——朋友的那番描述，让我想到一个巨大的三弦琴，弹奏它的就是卡瓦格博太子：三条大江是弦，座座雪山是品。卡瓦格博弹奏的，乃是旷古至今天下唯一的一曲自然之声——时而如万马驰骋，千山摇动；时而如独弦轻拨，音若悬丝。聆听那样旋律悠扬、意韵深远的乐音，需要的，显然是一副弃绝了俗世的灵魂。

出发前，朋友提醒我们，这种天气去德钦，十有八九看不到太子雪山，不如等天气好了再去，或下一次再来。可惜我们已经没有时间，再来迪庆，谁知是哪年哪月？还是走吧！朋友们见我们去意已定，便说：心诚则灵，一定要去，到了德钦境内，第一件要紧的事，便是虔诚地向梅里雪山许下心愿——祈愿太子雪山云开雾霁，哪怕能露出个三五分钟，也算不虚此行。心想朋友们或许是随意说笑，并没往心上去。

一路秋雨不住，漫山红湿绿重，迪庆高原显得深沉凝重，如同大师的油画，别有一番情致。只是心中嘀咕：倘若老天一直不放晴，我们怕是真难看见梅里雪山了。进入德钦地界，在头一个能看到梅里雪山的山丫口，我们就一再向她许下了心愿——一定要设法看到太子雪山，最好能到近处去看看——比如太子雪山脚下的冰川。那是个观景台——按照

当地藏胞的说法，也许叫朝圣台更为合适。反正，不管是本地外出归来的藏胞，还是每个第一次去德钦的旅人，都要在那里朝拜太子雪山。我们下车时，几个藏胞正在向他们心中的神山行匍匐长跪之礼。放眼看去，卡瓦格博正以她的冰清玉洁之姿，向我们展露出她的端庄和秀丽；那已是傍晚，尽管西天夕阳如金，云霞斑斓瑰丽，却因天暮云厚，在我们与卡瓦格博之间那巨大的空间里，满满当当的全是云彩，阴处如银如乳，向阳处如金如缎，华贵异常。卡瓦格博主峰太子雪山的山尖，深藏在远方的云雾之中。我们不禁有些遗憾——那几天，整个迪庆地区一直下雨，我们在中甸、奔子栏碰到过几个从德钦回去的人，都说他们在德钦等了好几天，压根儿就没有看见太子雪山的影子。要是我们在德钦的几天也是下雨的话，大概也会是同样的命运。同行中有到过德钦的人说，赶快向太子雪山朝拜。听了那话，我这个从不信神的人，也不由自主地就跪了下去，仿照藏族同胞，虔诚地向梅里雪山行了个匍匐长跪之礼——心想，这管用吗？

不料，过了一会儿，卡瓦格博峰竟然轻撩云纱，让我们一睹她的芳容：足足一分钟里，一抹晚霞正正地打在卡瓦格博峰的峰顶，就像舞台上的一道美丽的追光；那时的卡瓦格博峰，如同一位金盔银甲的武士，屹立在天际。

抵达雪山之城德钦的当天下午，我便风风火火地赶到离德钦县城不远的飞来寺。据说，那里是远眺卡瓦格博的最佳位置。一个人，如果从未领略过真正的壮丽与辉煌，只需在那里稍站片刻，生命之杯就将于顷刻间获得最丰盈的补给，最淋漓的浇灌。夕阳艳红，雪山如金，崇高、崇敬之情瞬即流遍我的全身。在我眼前，卡瓦格博与北段的梅里雪山、南段的碧罗雪山一起，组成了一个庞大的雪山群，在数百公里范围内，一座又一座雪山如巨浪拍天，冰峰雪岭从北方接踵而至，又向南连绵而去。晴空如洗，碧蓝幽深。白云轻拂，灿若莲花。在宝石般洁净的天空里，那一座又一座雪峰恰如一道硕大无比的银色屏风，横亘于天际。世界上最庞大也最为充满智慧的航船，正风帆高张，向彼岸世界全速行进。云来了，又走了。太阳时现时隐，大地忽明忽暗。卡瓦格博雪山则忽而刚毅，忽而温情，忽而神秘得如峨冠博带的山林隐者，忽而又纯净得像赤裸的初生婴儿。若非大自然有着巨大的神力，若非卡瓦格博自身所具的灵性，谁能营造出那样神奇的美景？云蒸霞蔚，变幻莫测，让人看得目瞪口呆。我屏神敛息——我不记得，在迪庆香格里拉，那是我第几次陷入那种欲语却无言的痴傻与震惊。于是我闭上眼睛，侧耳倾听，听历

史的诉说，听自然的回声，听神灵的教诲……

那是一座通灵通神的山。据说，1987年，十世班禅大师前往康藏地区时，曾途经太子雪山，并在飞来寺为卡瓦格博煨桑遥庆。其时，卡瓦格博四周乌云密布，一无云开天霁的迹象。十世班禅身着玄黄色袈裟，在缭绕的香烟中举起了手中的圣水，一边口诵经咒，一边让圣水一滴滴地，缓缓洒向他面前的世界。就在班禅大师手中的圣水即将全部洒出的一瞬间，云雾远退，天光乍现，卡瓦格博峰竟奇迹般地出现在人们眼前。

那也是一座壮美卓绝的山。1923年，曾到过雪山脚下的美国学者洛克，在其著述中曾感慨地说，卡瓦格博是“世界上最美丽的山”。[①] 而在詹姆斯·希尔顿的长篇小说《失去的地平线》中，其中作为“香格里拉”主体的那座金字塔形雪山卡拉卡尔，与现实中的绒赞卡瓦格博是那般相似，不可能凭空想出它的名字和特征的。让人怀疑那位英国作家，并非凭空想象出了那座雪山的山名和特征，而是依据卡瓦格博峰的原形所作的创造。康韦——他注视着山体，让思绪顺着峡谷和山口的路线攀援而上……他转头一看，发现那位中国人一直十分认真地注意他。

“您一直在注视着这座山峰，康韦先生？”他问道。

① 参见云南格桑花卉有限公司编:《绒赞卡瓦格博》，昆明，云南美术出版社，1997。

“是，景色很美，我想它该有个名字吧？”

“它叫卡拉卡尔。”

“我想我从未听说过。它非常高吗？”

“在 28000 英尺以上。”

在康韦眼里——“这真是世界上最可爱的山峰，几乎就是一座美妙绝伦的金字塔”，“些许云雾缠绕着塔似的峰尖，给景色平添了险峰的生气，而微微传来的雪崩声更证实了它并非幻景”。

民间流传的关于卡瓦格博峰的传说就更多。有传说它是吐蕃王松赞干布迎娶文成公主进藏的路上生下的孩子的化身；也有说它是格萨尔王的战将……

外来者一直想征服这座壮丽的雪山。早在 1902 年，英国登山队就试图登上梅里雪山，结果以失败告终。下山后他们用酥油做成卡瓦格博峰的模型，然后在模型下面加热让“卡瓦格博峰”熔化，表示他们已经征服了卡瓦格博峰。留下的只是一个笑话。

中日联合登山队在梅里雪山的失利，更为它增添了无尽的神话色彩。从 1987 年至 1996 年，日本、美国以及中日联合登山队相继三次试图登上梅里雪山，结果都以失败告终。1990 年 11 月至 1991 年 1 月，中日联合登山队试图登顶，结果“全军”覆没。

那是个令世界登山界至今难忘的日子，1991 年 1 月 3 日，神山发威了，一次惊天动地的大雪崩，伴随着一声震天撼地的巨响，数百万吨冰雪从卡瓦格博峰顶倾泻而下，如同一场自天而降的陨石雨，于顷刻间把中日联合登山队的 17 名队员掩埋在了千古冰雪之中，酿成了世界登山史上的第二次大惨案。在随后的很长一段时间里，人们甚至无法找到中日双方 17 名登山队员的遗体。如今，在德钦县城附近的飞来寺外的观景台，一方不大的暗红色花岗岩碑石，清晨黄昏，还在袅袅的香烟中，与无数面迎风招展的经幡一起，默默祭奠着那些死去的勇士。1996 年 11 月至 12 月，中日联合登山队再次攀登主峰，在离主峰仅数百米的地方，发现天气异常，在上一次登山惨案阴影笼罩下的登山队便迅即撤离。不料，等他们下到山底，天气却一片晴朗——一次又一次的失败，使卡瓦格博神山变得更加神秘莫测。

与外来者相反，据说当地藏民对怀有“征服”梦想的勇士，并无多大好感——他们视卡瓦格博为神山，自古对卡瓦格博只有崇敬，从没想到过“征服”二字。无论在这场尖锐的文化差异与信仰冲突中谁是谁非，卡瓦格博的神性都被表述得淋漓尽致。当我站在中日登山队员殉难纪念碑前，看见碑上有些缺损时，德钦朋友告诉我，听说那是一些藏民敲击造成的——他们并不认为那样的冒险值得人们纪念。

然而，后来我看到是，在严酷的自然条件下生存的雪山子民，就像雪山本身一样，对于生命——无论那生命属于什么国度，什么信仰——都有着惊人的理解和巨大的同情。一方面，是登山队员们几乎随时都在感到的那种神秘：只要你一开始登山，天气就突然变坏；而当登山队员面对恶劣的天气刚刚撤离下山后，蓦然回首，他们看到的，却是一片灿烂的阳光。我在明永恰村和德钦县城里甚至听说，在 1996 年那次登山过程中，登山队的营地上，每天都有一个仙女般来去无踪的藏族老阿妈去为登山队送菜。奇怪的是，那位据说是来自卡瓦格博峰下一个叫雨崩村的藏族老阿妈，总是来去匆匆，她的出现与离去都像是一阵风。

对于这种过于神奇的传说，那时我显然是不大相信的，尽管德钦县旅游局长茨里尼玛给我讲过雨崩村的神秘。他说，1993 年，他作为社教工作队员，曾在雨崩村住过很长一段日子。那里海拔 4000 米，是德钦最高的村子。村子两边都是原始森林，中间是草坝，两条瀑布从天而降。没有瀑布的地方，人只要诚心，念经，就会出现瀑布。当他提出要充分利用当地的自然条件开发旅游时，在座的老百姓都流出了眼泪

——他们无法理解，对所谓的“开发”，怀着巨大的恐惧。但后来，在1998年9月号的《时尚》杂志上，我却看到了对此事更为准确也更为神秘的记载。

在那篇名为《登山，从探险到休闲》（谢弥青）的文章里，记录了1996年底中日联合登山队再次冲击卡瓦格博时的一则有名有姓的故事：登山队员马哥在撤离营地的那天，曾为那位送菜的藏族老阿妈偷拍了一张照片，这就证明，那位为登山队送菜的藏族老阿妈，那位被遥传为仙女的藏族女人，确有其人。然而，等马哥回到北京冲出底片后，才发现唯独那张照片是空的。难道那个藏族老阿妈真是神仙？

据说，日本登山队死难者的亲属，曾在飞来寺外的观景台上，以长跪、祈祷和无尽的香烛祭奠他们的亲人。他们很想看看，让他们的亲人丧命的那座雪山，究竟是什么样子。可惜，那天梅里雪山云缠雾裹，中方陪同的人告诉前来祭奠的日本人，他们可能看不到梅里雪山了。可也有人告诉他们，梅里雪山是一座颇通人性的山，只要他们心诚，说不定还有机会。日本登山队员的亲属听了，便再一次开始祈祷。不久，雪山果然云开雾霁，露出了它美丽的尖顶。日本登山队员的亲属于是欢呼雀跃，为这座神秘而又具有人性的山峰所感动。

1998年，在梅里雪山明永恰冰川的冰大坂上，两次发现遇难中日登山队员的遗骸、遗物的，正是明永恰村在山上采药的藏族村民——在藏语中，梅里雪山本身就是一座“药”山。

而关于梅里雪山是一座有神性的山的说法，甚至以我的亲身经验得到了印证。

1997年9月17日下午，我们初到德钦，人生地不熟，停车后就四处打听住处。天下着雨，德钦县城小小的街道处处泥泞。就在我们东张西望时，一个北方打扮的女子走上前来，问我们是不是准备第二天或是第三天继续前行，她说她想搭我们的车去盐井。看样子她大约30多岁，不会超过40岁，一头短发，显出一种女人中少见的干练。我说，你一个人？她说就一个人，特意来看梅里雪山，可惜运气不好，老下雨，这次恐怕看不到了。她的话音中透出一种明显的无奈与惋惜。我告诉她，我们的行程到德钦为止，不再往前走了。那样说时，我真为我的爱莫能助感到某种惭愧。那一刹那，这个单身前来德钦朝拜神山的女人，她的勇气，她的虔诚，实在让我感动，但我还是爱莫能助。她听了显然非常失望，说：“那我只好搭班车走了。”她随意地抬起手来，捋了捋飘到额前的短发，转身而去。

后来，我就不知道这位北方女人到哪里去了。我甚至完全忘记了这个人，一个萍水相逢的旅游者。可几天后，当我们乘车准备先到澜沧江边，再步行去明永恰村时，前面公路塌方，数十辆车堵在了公路上。我们只好下车，耐心等待。前几天一直下雨，那天却阳光灿烂，站在滇藏公路边飞来寺附近的观景台上，纵目远望，连绵数百公里的怒山山脉，错落有致，晶莹闪烁，雪线以下，莽莽森林如绿涛汹涌，令人心情澎湃。卡瓦格博那金字塔般的太子雪峰，高耸其上，如一位将军。借着那点时间，我请松金扎西面对着梅里雪山那一溜银白的雪峰，为我讲解每座雪峰的名字和故事，一边听，一边顺手在笔记本上画着整个梅里雪山各个山峰的位置图。庞大的卡瓦格博雪峰，从南到北，依次排列着一座又一座晶莹的雪峰：缅茨姆，吉娃仁安，布回松阶吾学，卡瓦格博，玛兵扎拉旺堆，奶日顶卡，粗归腊卡……

而我一回头，却再次看到了那个北方女人。她大约也看见了我，正在朝我这边走来。我很惊讶：按照她说的时间，她应该早就离开了德钦。问她怎么还没有走。她说，她走了，又回来了。我说，为什么？她说，前两天因为天气不好，看不到梅里雪山，她只好走了—— 一个人自费出来旅游，不可能在一个地方待得太久。于是她搭乘班车，前天就到了盐井，进入了四川境内—— 一路上，她一直在为没能见到梅里雪山遗憾。一到盐井，就发现天气好了。她想，盐井离德钦那么近，德钦的天气可能也好了吧？于是她坐上返回的汽车，再次来到了德钦。她一直在心里祈祷，希望她的诚意能为神山所知，让她能一睹其英姿。不出所料，德钦的天真晴了，现在，她总算看到了梅里雪山。她是为梅里雪山而来的，她相信她的至诚之心一定感动了神山。

她在西安的陕西印刷厂工作，叫金亚平，有个姐姐在云南日报社工作，她是听了她姐姐介绍，才临时改变行程，下决心专程到德钦来看雪山的。

雪山如此，人亦如此。明永村的藏民曾告诉我，在中日登山队向梅里雪山进发的那几天，全村人停止了几乎所有日常活动，他们忧心忡忡，唯一的工作就是转经、祈祷，唯愿那些远方的来人不要亵渎他们心中的神山。他们希望登山队不要贸然行事，因为他们知道，等待登山队的绝不会是他们所谓的胜利。他们并不希望他们死，但他们知道，危险随时都会发生，风暴、雪崩、死亡……一切都要看神的意志；一旦发生，谁也无法挽救。他们不赞同也不理解的，是人们狂妄得对什么都要“征服”的愚蠢念头。没人听从他们的劝告，登山者再也没有归来。而每到秋后，来自青、川、藏的朝圣活动照样进行——已进行了几千年，也许还要进行几千年。梅里雪山方圆上百平方公里的土地上，每条小路都挤满了络绎不绝的信徒，他们老老少少手持转经筒，赶着牦牛，一路叩着长头，在由人间通往天堂的路上缓缓移动，艰难跋涉。无论耗时半月的“外转经”，还是五到七天的“内转经”，太子雪山都是他们长途跋涉的终极之地。

迪庆藏族最初信奉的是藏族固有的万物有灵的原始宗教——苯（BON），11世纪以后，尼玛派、萨迦派、噶玛噶举派、格鲁派等佛教各派先后传入这里。此后，与其他藏区发生的情形一样，这里的神山、山神、土主等也都被纳入佛教中，成为佛教的神山、护法神。有学者指出：藏族由于自古以来都生活在雪山草岭，雪山和山神在他们的现实生活及精神世界中占据着重要的位置，雪山成了故土的象征，山神则成了村落和个人的保护神。从古代到近代，藏族士兵作战，就常常高呼着山神的名字冲向战场。在各藏区一直流传着历史上某个杰出人物或部落酋长为山神血裔的传说。佛教传入藏区，面对古老的山神崇拜，也显得无能为力，只好把神山、山神一并纳入佛教，不过佛教在把神山、山神接纳为佛教的圣地、神灵后，并没有把它和佛教原有的东西相混淆，在佛教主导下的朝山礼圣历史都是对佛教圣地和山神及其领地的两位一体的朝拜活动。也就是说，佛教把山神视为轮回的“世间”神灵，与助人解脱的佛、菩萨等“出世间”神相区别，认为崇拜山神只能对今生利乐有好处，可以求得山神的护佑和免遭其惩罚，但对宗教上的解脱没有帮助。而作为佛教圣地，人们将会告诉你山里藏有佛经，山上有佛、菩萨、本尊神等出没，石壁上有自显的佛像以及高僧大德的圣迹，等等。卡瓦格博雪山就被认为是“根本上师密密麻、本尊神众舞翩翩、飞天勇士飘荡荡”。这时的圣地，对于信徒所起的作用，就与佛经、佛像、佛塔、寺院等佛教设施之于信徒的作用相同了。因此，朝山礼圣活动既是崇拜着山神，接触着山神的领地，同时也在崇拜着佛，接触着佛土的一草一木。①

区别就在这里，一个是去朝拜，一个是要征服，结局也就大相径庭。一些外国人在惊异之余，开始设法理解藏民族对大自然的那份虔诚。在德钦县城，县旅游局的茨里尼玛告诉我说，一个年轻的美国人，连续两次从大洋彼岸来到德钦，加入了卡瓦格博峰下那壮观的、浩浩荡荡的转经朝圣者的队伍。不知那个并不信奉藏传佛教的美国人，在漫漫的转经

① 参见云南格桑花卉有限公司编:《绒赞卡瓦格博》，昆明，云南美术出版社，1997。

路上，是不是多少体会到了一点藏族同胞对大自然与神明的崇敬及那澄明如水的心境？是否看到了冰川脚下的明永村那秀美的风光和淳朴祥和的民风？

不管怎么说，由于詹姆斯·希尔顿的长篇小说《失去的地平线》的描绘，香格里拉被重新发现，也由于中日登山队在梅里雪山三次失利的惊人新闻，卡瓦格博和太子雪山下的明永村、明永恰冰川以及太子神庙，转眼就成了前来迪庆“香格里拉”探访的中外游人最向往、最有兴趣的的景点之一。

如此，我们与卡瓦格博峰应该说已有一面之交了。我相信我们会一切顺利——何况，我们并没有征服什么的那种野心。

事实上，那晚我们借宿在梅里雪山的明永村，几乎一夜都没睡着。上午我们从滇、川、藏交界的德钦县城乘车出发，踏上去梅里雪山的旅程时，曾在德钦飞来寺附近的观景台，再次从远处朝觐过梅里雪山。这次它开放得多，几乎让人一览无余——如果不是阳光太强，强得让人睁不开眼的话。半个多钟头后，我们沿着崎岖的盘山公路下到谷底，到了澜沧江东岸布称桥头，那里的一排冲天大树，据说是文成公主当年路过此地时留下的种子长成的。在光秃秃的澜沧江河谷，那排大树的伟岸与葳蕤，实在让人有些不可思议。从那里开始，我们弃车步行三个钟头，从深深的澜沧江谷底爬上了海拔 2000 多米的明永村。那是一段惊险的小道，也是一段边走边脱衣服的过程——峡谷里太热了，几乎也没有路，住在澜沧江西边大山里的藏胞为了生存，才在风化剥蚀得非常厉害的悬崖峭壁上踏出了一条路。它随时都可能消失，也随时都在诞生，也许你今天走了，明天，砾石流沙就会把走过的路冲击得再也找不到一点痕迹。双脚踩在那样的路上，常常会一步滑得老远，一不小心就可能滚下万丈深谷——作为一种生存方式的写照，它既饱含着艰辛，也显示着坚韧。在江边陡峭的山路上俯视下界，万丈深谷，云雾冉冉，赤红如血的澜沧江只若沉沉一线。目光停留片刻，便一阵头晕目眩，只得小心地把目光收回来，实实在在地面对脚下的小路，让它在我脚下一寸寸地缩短。

爬上了澜沧江边那段陡峭的小道，沿着一条山谷延伸的路变得平坦多了。拐过几个山嘴，前面出现了一片美丽的村庄，如盖绿树，簇拥着一座座典型的藏式碉楼。白的墙，蓝的窗，格外醒目。天空也顿时开阔起来，大朵大朵的白云，就在我们身边，与我们擦肩而过。一股沁人心脾的气味，转眼就驱散了我们的疲劳。而在离我们不远的脚下，又是一条汹涌的溪流——后来我们得知，那就是从梅里雪山下的明永恰冰川流出来的。作为明永恰冰川的一个变体和延伸，它一直注入了澜沧江。沿着那条山谷继续前行的路变得一派明媚，一路绿树前迎后送，不多时便到了明永村。几声苍凉的狗吠，宣告了某种藏式的欢迎，也从一座座藏式土碉楼里引出了好奇的藏胞——这个远离城镇的村子，平时来的外地人恐怕很少，我们的到来，几乎惊动了整个村子。一道道探寻的目光，从站在幽暗门楼里的藏族老大妈的眼中，从正在土碉楼宽敞的屋顶平台上玩耍的藏族孩子的眼中，从在小河边浣衣汲水的藏族少女眼中，与向晚的阳光一起，向我们温暖地投来——作为一个凡夫俗子，我为我受到众多虔诚圣徒如此隆重的注目礼感到羞愧。一些村民已聚集在村长家门前，看样子早就在迎候我们。我们原想连夜一鼓作气登上明永恰冰川下的太子神庙，可明永恰村的村长告诉我们，以我们的体力，当晚到达太子庙当然也可以，但是，那样你们就太辛苦，走夜路也太危险，还是住上一晚，明天一早上路的好。他很喜欢说“但是”，不管该说不该说，他总是用“但是”把那些毫不相干的话题连接起来，一个又一个“但是”造成的那种连续不断的语气转折，听上去像是他在领着我们绕着卡瓦格博转经。村长叫扎西，在昆明一个部队医院当过兵，依然保留着部队作风，他的话不仅对他的同胞，对我们也同样有着某种不可违抗的权威性，有如军事命令——看来权威并无等级之分。陪同我们的德钦县旅游局副局长松金扎西说，那就在明永村住一晚吧。我们后来才知道，好客的藏族乡亲早已开始杀鸡做饭。

村长家那间巨大的木结构的藏式房子，我估计，仅底层的客厅就有100多平方米，却只有一扇窗户。我们就坐在窗户边的一溜长凳上，一边喝着茶，一边看着村长的妻子庸宗忙出忙进。我们太累了。雪山下的阳光从小小的窗口射进来，让我们能看见正在屋角忙碌的那个藏族女人。在闪烁的火光中，她显得脸色黑红，结实健壮，一件单薄的、早已穿成灰黑的白T恤衫，裹不住她浑圆的身子。她满头大汗，却精力十足。当她发现我们在看她时，她都会憨厚地朝我们笑笑——虽然我们早已行过见面礼。她对她见到的每一个客人，都仿佛是初次见面。她显得非常兴奋，我想她很少有在如此众多的客人面前一展身手的机会。她显然认为那是她的幸运，但我们却为我们对她的打扰感到深深的不安。我们刚刚知道她有两个孩子，生活根本说不上富裕。我很想跟她聊聊天，可惜她的汉语水平实在不足以应对那样的交谈。

吃饭了。宗庸为我们忙了半天，我却没看见有人邀请她入座。她定定地站在一边，看着我们，像是在饶有兴味地欣赏这帮陌生人的吃相。

明永村的头头脑脑都来了，他们频频敬酒，我们差点儿被好客的藏胞灌醉。吃完饭已是晚上9点，满以为马上就可以休息了，但是——又是但是——村长告诉我们，他已为远方的客人安排了一个篝火晚会，地点就在村子里的一块空地上。夜色空蒙，篝火熊熊。明永村的夜空明净高远，深邃无边。我们进村时看到过的那些衣着简单的年青男女已换上了节日盛装，我的眼前一片灿烂。村长大概多喝了一点酒，在他那段尽管不长却热情洋溢、至少有一千个“但是”的致词后，欢乐的弦子、歌声和飘飘荡荡的长袖响彻了那个寒冷的秋夜。躺在满是酥油味儿的屋子里时已是午夜，我睡不着，我觉得我正在变成一块酥油，我一直在心里描摹明永恰冰川的模样……

凌晨5点，我们从梅里雪山脚下的明永村出发，开始了向神奇的“明永恰”冰川进发的艰险旅程。

一轮晓月，万里清辉，伴我们同行。

此刻明月如灯，天地寥寥，委婉肃穆。卡瓦格博下的一切：夏日里葱茏的花草、密不透风的原始森林里悠悠的小径。路边黑黝黝的怪石以及我们一行人的身影，都在迷蒙的月光下闪闪烁烁，如同一个千古梦境，显出惊人的神秘和美丽——黑暗只在陌生时才显得可怕。而自打进入迪庆州的德钦地界，我们对梅里雪山早已梦绕情牵，有过几次神交，也算是熟人故知了吧。

山路沿着山谷径直往上，由海拔2000多米的明永村一直向海拔3000多米的太子神庙攀升，走起来让人气喘吁吁。明永村的藏胞虽为我们备了骡马，但人多马少，我一直凭双脚前往，借此表达我对梅里雪山的虔诚敬意。路渐行渐高，天也渐行渐亮。熹微的晨光中，黑黝黝的原始森林如庞大的军阵，神色肃穆地簇拥着我们，让人总以为自己身在森林中心。林间小道旁，不时可见用就地寻来的灰色石片搭建的小房子，积木一般，以为是来此探险游玩的人歇息时随手搭来好玩的，一问，却道是每年秋冬季节，从四面八方来此“转经”、朝拜太子雪山的藏胞特意盖的。两层、三层、四层不定，为的是日后一旦听从神的召唤离开这个世界时，能让魂魄回到这里，与他们敬重的卡瓦格博太子一起守护伟大的太子雪山——那或许就是他们的精神家园？灵魂需要的地盘并不大，可这世上，有多少人至今仍不在意灵魂的归宿？放眼看去，密密麻麻的小石板房，一座座深藏在每一棵大树脚下，绵延无尽，无声却让人魂魄震慑。

路越来越陡，越来越窄，有时，路无非就是悬崖上的几块凸起，

当地藏民以木桩打进岩壁，铺以木板，我们的脚下，才有了栈桥似的窄窄一线。快到太子神庙前，骡马已无法载人而行。而我在那时反而增添了一些勇气——再坚持一下，我就能靠着自己的双脚，一直走上冰川了。

那十多公里崎岖山路花去了我两个多小时，比预计的至少晚了半个小时。如此，早上七点半到达太子神庙时天已大亮。抬头看去，蓝天坦荡如海，那轮一路随行的下弦月如碧蓝海水中的一方浮冰，正好悬在太子雪山上空。透过密密麻麻、五颜六色的经幡远眺太子雪山，耸立在我眼前的是一座金字塔形的雪峰，冰清玉洁，沉静端庄，恰如处子。可惜我们迟了一步，预期中血红的初阳将太子雪山染成赤金的瑰丽景观已然遁逝，太子峰如一座巨大的银雕，在阳光下熠熠闪光。雪峰脚下隐约可见一巨大冰湖，人说那就是明永恰冰川的发源地。

恰，藏语意即冰川。整个德钦，是云南省冰川最集中的县，也是横断山区冰川最活跃的地区。而现代冰川又主要集中于太子雪山北段，冰川面积约 73.5 平方公里，主要有明永恰、斯农恰、纽巴恰三个大冰川。其中的明永恰最大也最有代表性，它东西长达 8 公里，平均宽约 500 米，是全国冰舌前端海拔最低的冰川，也是世界上罕见的低纬度、低海拔的高温现代冰川，气势宏大，景色壮丽。那巨大的冰的河流，如同藏族传说中的英雄卡瓦格博手持的一把雪亮的佩剑，从海拔 6740 米的卡瓦格博峰下，穿过秋末金子般的阳光，一直奔涌而下，直插到我们身边。事实上，早年的明永恰冰川一直伸延到了明永村附近，只是由于全球气候逐渐变暖，冰舌才渐渐缩回，离明永村也越来越远了。

冰川附近的太子神庙虽然不大，却是历代藏民秋冬季节到太子雪山朝圣进香的必经之地。20 世纪 60 年代，太子神庙被毁，但即便那时，藏民的朝圣也没有停止。如今的太子神庙是藏胞重建的，靠的是他们对卡瓦格博峰的一片虔诚。庙内，长年烟火不断，附近各村的信徒，带着食物与香烛，自愿轮流到庙里供奉。神庙的殿堂里，供有卡瓦格博的神像，它骑着高头大马，仿佛正在它的领地上巡行，体察人间疾苦，托访着世间的不平。

太子神庙四周，从神庙不远处起，到处都是藏民垒起的巨大的嘛呢堆——那种源于藏族原始宗教中的山石崇拜和山神观念的产物，在佛教传入之后，因常有人将刻有佛教六字真言“唵嘛呢叭咪吽”的石块和印有佛教经文的旗幡堆放其上，最终才与佛教的嘛呢堆合而为一。风化得发白的牛头骨，刻满了藏文六字真言的石块及大大小小的佛像杂然相陈。信念在那里堆积。经幡如林，亦如网——神庙四周，彩色风马旗或

垂直悬挂，或横挂于树木之间的绳索之上，晨风拂动，它们在丽日艳阳中飘荡如歌，咏诵着他们对太子雪山的无边敬意。我沿着太子神庙外的小路缓缓而行，领略着那种神圣，内心一片浩茫。太子神庙后面的一块柱状青石，在低矮的丛林中巍然屹立，幽黑如夜；却又被朝山的藏民涂满了酥油，于是，在阳光下，那块看似寻常的岩石闪着金辉。以耳朵贴近它，似能听到冰川下汹涌的水流发出的潺潺之声，像是神灵的呼唤，也像是高僧在诵经。透过森林般的经幡仰望太子雪山，某种苍茫感油然而生。

——置身于如此壮观神奇的雪山景观之中，自由地呼吸弥漫于雪山下浓烈的宗教气息，我似乎被某种无以言说的神力催眠着，既觉得肉躯凡身已不复存在，又觉悟到那种灵魂出窍，翱翔飞腾在那片冰雪世界的轻捷与锐敏，心灵似乎在转眼间便得到了从未有过的纯净与超度。不知那是不是成千上万的藏民每年秋冬都要到卡瓦格博转经进香的缘由，也不知那是不是一个虔诚信徒在太子神庙所能领悟的最大的愉悦？无论如何，那都是我此生所能体悟到的一种超出红尘凡俗的最佳境界。

卡瓦格博，是青藏高原上为数不多的几座最著名的神山之一，在东部藏区——青康藏区，卡瓦格博是与阿尼玛卿雪山（大积石山）齐名的最大的神山，也是藏传佛教密宗最著名的本尊之一——胜乐轮或胜乐金刚的一片刹土[1]，宁玛巴祖师莲花生的藏经之地。自元代藏传佛教噶玛噶举派黑帽系第三世活佛让回多杰（1284—1319年）到卡瓦格博山脚为雪山开光，卡瓦格博便正式成为藏传佛教噶玛噶举派的一个重要的修行圣地[2]。太子雪山下的神庙，与卡瓦格博对岸的飞来寺及太子雪山下的雨崩神瀑一起，构成了三点间固定的“内转经”路线，顺时针绕行一周，需5—6天；外转经绕太子雪山一周，则要13天。远道而来的朝圣者，一生之中，通常只有一次到卡瓦格博外转经或内转经的机会，本地的藏民，却有可能在内转经中，无数次地表达他们对卡瓦格博的崇敬。每年夏、秋两季，来自西藏、青海、甘肃、四川等地的藏族香客，历经艰险，千里迢迢前来朝山礼圣。他们先到卡瓦格博对面澜沧江东岸的飞来寺（归巴顶）和白转经堂（取登贡）烧香，然后再按固定的路线绕山而转，敬香磕头。窄窄的转经道上，炊烟四起，尘土飞扬，人来人往，络绎不绝。在共同崇拜的神灵面前，任何一个陌路相逢的转经者，都会在转眼之间成为朋友，他们相互问候，一起喝茶、抽烟，交换自己朝圣

① 诸佛教菩萨的清净世界，如极乐世界。

② 参见云南格桑花卉有限公司编：《绒赞卡瓦格博》，昆明，云南美术出版社，1997。

的经历和感悟。若逢藏历羊年——据说那是卡瓦格博的本命年，香客数目更是陡增10倍。他们一路磕着贴地长头，一路摇动着手里的转经筒。即便有的在朝圣途中死去，也被认为是再生有福。而太子神庙，正是内转经和外转经的香客的必经之路。

从太子神庙到冰川，还有半个多小时的路程。那段路的开头让我再一次想起了自己在昆明翠湖边悠闲散步的场景。不想离冰川越来越近时，面前突然出现了一个陡峭的山坡，我想它至少有60度，比澜沧江峡谷里的那段路更加难行，幸好森林密布，我才得以手脚并用，拽着一棵又一棵树枝慢慢下滑——实际上，我差不多是像小时候坐滑梯一样地滑下了那道陡峭的山坡。

终于到了冰川的边缘，我的心跳变得急促起来：那是兴奋，也是出于对巨大冰川的无知产生的紧张。奇怪的是，我想象中的冰川，我在太子神庙那里看到的冰川，与眼前横亘在我面前的冰川出入实在太大——一片灰黑的冰川砾石，满满当当地覆盖着冰川的边缘部分，显得毫无生气。真正闪着银光的、雪白的冰川主体，还在几十米以外，那像是一条巨大的、长满巨鳞的鱼，或似一个硕大无比的菠萝，表面布满了乳头般的冰的突起，放射着刺眼的光。我们决定要到冰川的中心去。可向导说，那看上去只有三四十米的路程充满了艰险，真想上去，要做好充分的思想准备—— 一则在冰川上行走特别滑，它的表面堆积着一些碎砾石，碎砾石下面才是千年不化的、巨大的冰体；二则一些冰体看似坚固，其实并不稳定，很可能一脚踏空；再则冰体与冰体之间，常有看不见底的巨大冰缝，人一旦掉下去绝难生还。但那正是一种诱惑。我们齐声喊道：“走，攀上冰川！绝不能留下终生遗憾。”

那已是海拔 4000 多米的高处，呼吸困难，心情也更加紧张——那看似实实在在的冰川，随时都有可能从我们脚下滑走，路，仿佛是浮在水面上的圆木，每时每刻都在转动，人根本就站不稳。尽管上冰川前一人一根“拐杖”稍稍帮了我们一点忙，但行进的速度依然很慢。翻过一道冰凌又一道冰凌，以为已经到了冰川中心，抬头一看，冰川真正的中心还在离我们更远的地方。于是再度踏上征程。一道巨大的冰墙横亘在我们面前，在当地藏胞的帮助下，我们每个人都被连推带拽地上去了。然而我们再一次发现，真正的冰川中心还在更远的地方，它通体透明，呈着一种美丽的淡绿色。而在我们与那更为壮观的冰川中心之间，一道深达五六米的冰沟，阻断了我们的去路。一个毫无攀爬经验的普通旅游者，要想穿过那道冰沟，登上更高的冰体，简直绝无可能。

空中突然传来隐隐的爆裂声，我的脚下滑过了一丝尽管轻微却能让人感到的震颤——像是夏天在远方滚动的沉雷，又像是巨人般的大山正在拔腿赶路——并不很响，却让人有一种真正的恐怖和战栗。抬头看去，雪山下那巨大的冰湖上空，腾起了一阵似有若无的白烟——倘若我看得不错，那就是高山雪崩造成的雪雾在飞扬。问向导，说那正是雪山脚下的冰湖发出的冰裂声——在正午强烈的阳光照射下，冰体在融化、崩裂，它们随时都可能从山上冲下来。我那时的感觉，就像詹姆斯·希尔顿在《失去的地平线》中曾经写道的：

这真是世界上最可爱的山峰，几乎就是一座美妙绝伦的金字塔。轮廓简单，像一个孩童两笔画出来的，然而它的高度、宽度和立体感却又不可同日而语。它是那么辉煌，那么安详，使他好一阵子辨不出究竟是真境还是虚幻。些许云雾缠绕着塔似的峰尖，给景色平添了险峰的生气，而微微传来的雪崩声更证实了它并非幻景。[①]

有资料说，我们脚下的冰川，冰舌面的冰壁尽管厚达80余米，但

① 顾彼得著，李茂春译：《被遗忘的王国》，昆明，云南人民出版社，1992。

是下面布满了巨大的冰溶洞。来时路上我们看到的那条注入金沙江的汹涌的小河，就发源于我们的脚下。那看似一无声响，似乎永远也不会移动的冰川，随时都可能发生冰体崩塌，不能久待——德钦县旅游局副局长松金扎西如是说。是的，隐隐的爆裂声正是警告——大自然对人的警告。如此，我们最好还是往回走，尽管并不情愿。能手无寸铁地攀上海拔4000多米的明永恰冰川中部，对我们说来，实在已非常幸运；即便这样，如果没有德钦县旅游局局长茨里尼玛、副局长松金扎西，以及藏族少女布称、阿青拉姆和那个年青的康巴汉子茨里江初的帮助，我们很可能连这一点也难做到——此刻我才想到，一路上，我们身上所有的负重，不知什么时候，早都“转移”到了他们身上：毛衣、挎包甚至相机。此刻，托住我们的，除了卡格博峰亘古的冰雪，或许还有他们那能扛住一切艰难困苦的肩头。它让我想到时间，想到人类的渺小，想到现代人类在与大自然进行的数千年较量中，充当的实在是个十分可怜的角色。人不该自卑，却应该自重。是的，人类应该对崇高和圣洁保有一种永恒的崇拜，这崇拜应该来自人对大自然的敬畏，即便是在人类已经进入宇宙的今天——当我终于登上明永恰冰川时所想到的。

现在回想起那天站在明永恰冰川时最想说的，都是这样一句话——对于大自然，我们还是少来一点“征服”，多留一点敬畏吧！

阿东，被淡出朝圣古道的村庄

章忠云

阿东河河口的圣迹

2001 年 10 月 20 日，我们离开梅里水村去了阿东村。那里是传统上朝拜卡瓦格博圣地的最后一段路，也是历史上从德钦县城通向西藏及印度茶马古道的唯一通路。这个村在行政区域划分管辖上属于升平镇。自 1959 年 9 月德钦县境内的国道 214 线（滇藏公路德钦段）修通后，大多数香客不再沿阿东通往德钦县城的茶马古道返回德钦，而是沿公路步行或搭车回到德钦县城。近些年随着人们生活水平的提高，当地各种出租车的出现，沿阿东古道朝拜的香客已经少之又少，只有少数香客依然按传统的朝圣路线前往阿东。

从梅里水村再次返回溜筒江桥，过桥后在澜沧江西岸的玛巴底乘车，前往阿东只有十多公里的路程。到达阿东村入口的山口时，看到昨天联系好的朋友斯那都基已经在那里等我们了。看上去与去年见到他时没有多大变化，40 多岁的他还是魁梧而结实。认识他是去年的事了。记得去年跟茨中村的刘文曾老师第一次去阿东收酿葡萄酒的葡萄，有一天，我们刚好去斯那都基家里，看到他正在给从溜筒江来的一个村民看病，知道他是一名藏医，后来认识了他。

见到他的那天，他正给一个十八九岁的女孩看牙。据说那女孩已经害牙痛三个多月了，西医、中医都看过了，打了不少针，吃了不少药，但一直没见效。那次她专门来找他看。我发现他看病的方法与平常藏医的看病方法有所不同，既没看病人的尿，也没有给她把脉。当他听完他们的叙述后，在窗户那里先看了看女孩的牙齿，然后对女孩的父亲说：“她的牙齿既不是虫牙，也不是火牙，有一点炎症，吃了那么长时间的药都没有好，我们打个卦看看。”便从一个柜子里拿了打卦用的卦石，坐下来问起女孩的生辰，帮她打了一卦。看过卦象后，他告诉女孩的父亲：“要到寺院里请活佛或僧人帮助女孩念诵白度母经 300 遍，女孩的病就会好的。因为从卦象和她的生辰看，她被不净污垢所缠绕，今年有病痛之灾，要化解它，必须通过供养诵经，取得功德，方能驱除不净污垢。平时在家里，要经常向佛祖磕长头（等身头）、换净水、献供果、自己也念经，最重要的是要去寺院请活佛念白度母经。”说完这些他还给女孩的父亲一包自制的藏药，让她每天早晚各吃一次，吃一个月。下午，父女俩离开的时候，为了表示感谢，给医生留下了从家中带来的两把面条，一路道谢着回家去了。

他们走后，向斯那都基问起打卦治病的缘由。他说：“这种打卦治病的方法，看起来有浓厚的宗教和迷信色彩，但这是从病人的心理出发的一种治病方法，是一种精神疗法。在不危及生命的情况下，医生从病人笃信佛教的心理出发，因为这里的人都信佛，人们都相信通过向佛祈祷能够得到佛祖法力的庇护，这样首先在精神上使病人得到安慰。对于病人而言，精神上的放松，对于治病有百益而无一害，这样用起药来，药效自然比失去信心的人用药见效快。让她们念的白度母经，是藏传佛教仪轨中消灾解难的经文之一，根据她的卦象和情况要念此经。过去我学习这些治病方法的时候只知道有这种方法，不明白其中的道理，后来学了中医、西医，又经常看电视，在外面跑的机会也多了，逐渐明白其中的奥妙。尽管从现在人们讲科学的角度看，它好像是迷信的东西，但对我们这里的病人来说，还是很有帮助的。通过做这些仪式，我开的药更为有效。你可能知道，我们藏医制造任何一种药的时候，等药制好了，还要专门供在经堂里为药念诵经文，以增加药效。在迪庆州藏医院里有专门供奉药王的佛堂，每次医院制造出来的药品，都要在佛堂进行诵经会供，我想也是这个道理。”

后来知道斯那都基在当地是个远近闻名的医生，既学过藏医，又学过西医和中医。他学藏医的经历很特别。他大伯曾在西藏求学，不仅懂藏文，还懂藏医学，但在“文化大革命”中成为批斗的对象。斯那都基从小就非常喜欢大伯，尽管伯父的那些东西被打成“牛鬼蛇神”，但他还是央求大伯能教给他。在他的一再央求下，大伯终于答应教他学习藏文，然后慢慢传授藏医学知识。但是又怕村里人和工作队发现，因此，白天他们参加劳动，或按社里的安排工作，到了晚上等人们都睡下后，才开始在松明灯下教学。几年下来，他基本掌握了藏语文的基础知识，学了不少藏医的基础，同时还学习了不少佛经、佛教仪轨。再后来包产到户以后，国家民族宗教政策得以恢复，他便开始在大伯的指导下用藏医知识给村民治病。

在斯那都基的带领下，我们沿阿东河河口南岸步行进入了阿东，带我们来的小罗师傅开车尾随在后。河口处的阿东河水清澈且水面宽阔，北岸则是建在河口的阿东河电站。看着河口的电站，斯那都基向我们讲起了阿东河电站。

原来，阿东河电站修建于1982年，装机容量为3000千瓦，在德钦是很有名气的电站。电站的成功修建，不仅解决了县城升平镇工农业生产用电短缺问题及城镇居民企事业单位的照明、生活用电，而且解决了阿东办事处、西当村、永宗村、斯农村、巨水办事处、溜筒江村等地的用电问题。电站是大引水式电站，电站的全名是德钦县发电厂，由于电站修建在阿东河上，当地人称为“阿东河电站”。没有该电站前，德钦县城及周边乡镇的用电一直很困难。德钦县的第一座电站叫“水磨房电站”，建于1959年，位于县城升平镇东南方，仅仅可以供应县城的照明，是一座规模极小的电站。据说当时修建电站是靠德钦县委、人委组织机关干部、驻军、老百姓自带工具参与施工完成的。当时的工具和设备极其简单，全长76米的输水管是由外箍钢圈的木管制成的，水轮机是由一个叫周育怀的工程师设计，并由县农机厂制造的，铁木混合，只能装发电机一台，电站的容量仅56千瓦。由于木制水轮机强度低，三个月后电站运行不正常，只好从丽江农机厂购买铁制水轮机，才解决了德钦县城的照明用电。之后为了满足城镇工农业生产需要，水磨房电站进行了多次改扩建，但其装机容量都不能满足大多数地方的需求，到

1982 年阿东河电站建成后，水磨房电站才停产。

讲到卡瓦格博地区电站和用电的事情，对于 1982 年以前生活在德钦的人们来说，是刻骨铭心的。我想起曾经在茨中村听到的一个故事，那是 1953 年初，茨中村的村民第一次接触到电，第一次见到电。村里几位老人讲，那时他们是十来岁的孩子，德钦县里有个放映队，放映队第一次来村里时，村里的人都去看稀奇，放映队的师傅是离茨中 6 公里地华丰坪村的俞润清、俞正国。当时因为学校设在茨中教堂里，教堂有个四合院，院坝大得可放电影，因此，教堂四合院成了放电影的地方。影片是《草原上的人们》，还有一部片子他们忘了汉语名，藏语叫《格布如卓玛》，是反映草原生活的片子。电影是汉语片，当时村里懂汉语的人极少，放映的时候，两位师傅轮流把影片里的对话在话筒里解释给大家。当时村里还没通电，放映队放映时是靠发电机发电，大多数村民因为没见过电，对电没什么认识，有个村民还用放映队使用的手电筒来点烟抽。至今村里人提到电，就会讲起这件事。

阿东河的河口夹在两条山脉石壁的谷口中，看上去在没有电站前，河水应该是冲破山谷两边的崖壁流入澜沧江的，现在大多数河水被引入电站管道，只剩下多余的河水平静而缓慢地流淌。在进入河口十多米的

阿东河的河口及电站

地方，有个叫“匝呀顶呆”的地方，“匝呀顶呆”的意思是坡坡之上。据说这里没有修电站前是进入阿东村的入口，阿东河冲破两边的崖壁奔流汇入澜沧江。这里山势险要，是个一夫当关，万夫莫开的谷口。站在高处可以看到在两边的石壁上有一黑一白两条颜色各异的岩石，这两条岩石的形状极像两条首尾分开的巨莽，传说这黑白分明的两条岩石是居住于此的两条巨莽留下的。相传居住在这里的这两条巨莽想用巨大的身体挡住流向澜沧江的阿东河，让水淹没整个村庄，这件事被山神卡瓦格博知道后，他舞动神鞭，一鞭子就把两条蛇打断在此，从此阿东河就从卡瓦格博用神鞭打断的蛇身上流过，而被打断的两条巨莽的身体则被嵌入了两边的石壁上。往谷口向里走几十米，在阿东河北岸的崖壁上，有两个岩洞：传说右边的洞是莲花生大师的修行洞——“钨经白玛移竹颇”，左边的是白度母的修行洞——“卓玛移竹颇”。离白度母修行洞不远的岩壁上有个天然的猴形石头，人们把它称为“拉支吾祥曲森巴容因”，意思是天成菩提神猴。在猴形石头的后面有一个岩洞，据说是神猴的修行洞。在神猴修行洞的对面，即阿东河的南岸也有一个岩洞，据说是喇嘛松饶的修行处。南岸的石壁被称为“森姆扎轰”，意思是红岩罗刹女。稍往前行，在一个峭壁上还有一个岩洞，传说是罗刹女的住所。

斯那都基指着那峭壁上的岩洞说：“我们人就是住在这里的罗刹女和菩提神猴结合后变来的，如果没有他们也就没有我们了。”那岩洞旁还有淡红色的嘛呢经文的斑驳字迹，看上去那些字迹遭受了经年累月的风吹日晒。据斯那都基说，那些字迹模糊的嘛呢经文并不是用来祈福的，而是为了镇压罗刹女的妖性而按上去的大手印。据说罗刹女尽管与神猴交合，繁衍了神猴的后代，但她与生俱来的妖性却一直存在，因此会给她的居住地和她所及之地带来灾难和危害。后来，第三世噶玛巴让迥多杰来此修行时，看到了罗刹女的行径，便用佛法感化她，为了化解罗刹女的妖性，用密宗的大手印把嘛呢经文印在她的居所来调伏她的妖性，经文如同一张具有法力的符帮助罗刹女皈依佛教。在罗刹女居住的岩洞旁的峭壁上还有一条深邃的裂缝，其形状很像万里长城，人们称那条裂缝为“甲那加日”，字面意义是汉地万里长城，其内涵则是望不到头的地方，人们认为那里是通向无际虚空的天梯。

在这里，一座呈南北走向的青灰色的大山使阿东河改变了流向，逐渐呈南北向流淌，宽阔的河面水流湍急而流量巨大，这流水引向了电站的水渠。那座青灰色的大山矗立在河的西岸，山被称为“赞扎”，意为凶恶的岩石山，是阿东村孜都社（村民小组）的神山。据说这座神山是一座女性神山，名叫“赞扎”，阿东村的万物形成时她就已经存在了。她的法力很高，不仅掌管着这个村的衣食住行，而且掌管着村民的生死大权。据斯那都基讲，有时人们也能看到山神的真身，但当看到她的时候便将发生不幸，村里如有人将要死去，青灰色的神山会变成红色的。传说，很久以前村里曾有一位猎人上山狩猎时，曾在清晨的浓雾中亲眼目睹山神的面目。那天清晨，猎人在山林的浓雾中看到一匹通体火红的骏马拉着一辆马车在树林中穿行，那匹马特别奇特，只有三条腿（前足是一条腿），但能飞奔如箭。马车上坐着一位身形高大的妇人，马车后拉着村里的一位老人，老人跌跌撞撞地跟着马车跑，不一会儿马车就消失在山林中。猎人看到这个场面很是害怕，立刻下山把这事告诉村里人，村里的老人说，那是山神来接那位老人了。果不其然，不久后，那猎人看到的被马车拉着的老人真的去世了，因此村民就更畏惧她。

继续前行，河岸开始变得狭窄起来，河西岸与“赞扎”神山相连的山峦异常荒芜，青灰色的石山突然变成了土黄色，夹杂着一绺绺褐色，一方几百米长的形似鹫鹰的大岩石和三四十米高形似人肺的大石头很突兀地矗立在那光秃秃的山峦间，让人感觉异常诡异。那片山峦被称为“曲次卡”，意思是热水塘。在那形似鹫鹰的岩石周围有三眼温泉，据说泉水对风湿、皮肤病有很好的疗效。岩石背后的温泉归男性使用，右边归女性使用，下方那眼温泉水则有神奇的解毒效果。传说那个形似鹫鹰的巨石是一个山魈变成的。不知在什么时代，这只山魈来到了热水塘，山魈以鹫鹰的外形出没于此，它不断地伤害前来热水塘沐浴治病的村民和香客，它的戾气越来越重。后来热水塘来了一位高僧，他想通过法力教化和收服这只危害村民的山魈。但是山魈功力很大，高僧难于将它收服，最后高僧以奉献自己躯体的行动收服了山魈。当山魈在撕扯咀嚼高僧躯体的时候，山魈渐渐变成了巨石，当它吃得只剩高僧的两肺时，完全变成了巨石，而高僧剩下的肺叶也在一瞬间化为石头。从此，沐浴温泉的人们就不用再担心山魈的危害。

从阿东河河口到曲次卡山峦这一带短短几公里的河岸峭壁，出现了那么多藏传佛教圣迹及神奇遗迹，很是想要知道其中的缘由。据斯那都基说，这一带不仅有红色大鹏鸟和遍入天护法大魔王的护持，而且河岸两边的岩壁是空行母的饰物，是卡瓦格博胜乐金刚乐园的一部分。因此，这里不仅成为许多高僧大德修行的好地方，而且成为众多香客转经朝圣之地。

神秘的大鹏鸟圣地霞琼乃

过了阿东河河口至曲次卡这段较为狭窄的河岸后，河谷开始开阔起来，一片村庄呈现在眼前，土掌房顶都晒满了黄灿灿的玉米，晨曦下秋收后的农田雾气升腾，晨烟缭绕在田间屋顶，很是梦幻。记得去年第一次来阿东村时，在阿东河口本以为这个夹在山谷里的村庄不会有很多人家，但当走进里面，才发现这里似乎是一个走不到边的村庄。整个山谷中的村庄分为三个片区，最南边的是下阿东，中间是阿登贡，北边是普瓦。三个片共有 24 个自然村，16 个村民小组，421 户人家，2100 多人，2700 多亩耕地，茂密的森林和丰美的高山牧场环绕着整个阿东河谷。听斯那都基讲，村子的正北面是察里大雪山，翻过大雪山便是西藏自治区的地界，南面是升平镇，站在下阿东村并看不到察里大雪山的存在，只能看到一望无际的山峦和林海。

土司时代的阿东村是个有名气的地方。那个时候德钦叫阿墩子，在澜沧江一带有饶仁（禾氏千总）、羊古贡巴（吉氏外委）、康贡（桑氏把总）、红坡王氏（王氏土目）、贡水娃（赵氏伙头）等土司势力。其中的大土司“饶仁”和“康贡”两家都在阿东。清雍正年间（1727 年），德钦由原属四川巴塘管辖范围划归云南，此时正值康熙平定“三藩”之乱后，在管理边地事务中仿效明朝“改土归流”政策，对德钦原来由五世达赖开始委任的地方头人“神翁”“德本”进行了改土官为流官的政策。当时德钦的饶仁家属于土司中的神翁，被任为千总，称禾氏千总；康贡家是德本，被任为把总，称桑氏把总。那时的德钦处于“政教合一”的统治中，土司头人作为政教合一体系中的统治者，有自己的管辖范围和权限，禾氏千总的权力比较大，除了直接管理自己的辖地和佃户外，在政治上还管理全县的事务。因此，阿东在1949年以前是除德钦升平镇外的又一政治中心。

2001年5月，我从德钦的吉氏土司后人吉如松先生那里听到过当时阿东土司与他们家之间的一些故事。今天来到阿东，让我想起其中有关吉先生父亲在土司打冤家中丧生的事情。

记得见到吉如松先生时，是在他们家弘九村的家里。他的外貌与我想象中的差不多，头戴一顶洋毡帽，是一位身材魁梧高大的老人，虽然岁月的风霜已让老人两鬓斑白，听觉不是很好，但提及过去的岁月，还是记忆犹新。在谈话中，知道吉先生的父亲吉庆就是在土司打冤家的时候去世的，并且与阿东禾土司家有密切关系。

据吉先生讲[①]：在他还没出生前，阿东的禾氏土司与贡水的伙头赵土司家已经结下了杀父之仇。那时刚好是巴塘的喇嘛和老百姓反对洋人洋教，后来德钦的喇嘛和老百姓也加入这个斗争中。[②]但遭到省里从维西派来的官兵的剿办，在剿办的过程中，赵伙头家有个人是随军翻译，他与当时的阿东土司禾定邦有矛盾，因此趁机在翻译的过程中，向当时维西厅派出的统判李祖佑谎报情况，说喇嘛和百姓反洋人的事情是禾定邦干的。统判李祖佑没有查明真相，将禾定邦处死。这样两家便成了仇家，此后时常有不愉快的事情发生。

后来，在吉先生小时候又发生了另一件事。[③]当时贡水的伙头赵阿楚（赵吉中）被任命为德钦民团的大队长，他以一个伙头的身份出任全县民团大队长，比其他土司的职权大了，使他身居各土司之上。这个状况打乱了原来德钦土司头人之间的权利关系，引起其他土司的不满。

一直以来，德钦土司之间的关系在行政上听从设治局的安排，在权势上，禾家是管理全县的，其他土司头人只管理自己的辖地和佃户，

① 以下文字根据吉如松先生谈话内容整理。

② 据《德钦县志》载该事件发生在光绪三十一年（1905），见《德钦县志》，251 页。

③ 根据吉如松先生的年龄推算当时应该是 1924 年，另据《德钦县志》载该事件发生于 1926 年，见《德钦县志》，251 页。

禾家、吉家、桑家还有王家是世交，关系比较好。吉先生的父亲在这几位土司头人中辈分较高，是长辈，又因为人正直，深得百姓和其他土司的尊敬。

赵阿楚出任民团大队长后，为了巩固自己的地位，紧接着就与升平镇的团总海因农和驼爷（马绍武）秘密组织升平镇附近的人马，准备攻打阿东的禾土司家；同时赵阿楚还让驼老爷组织巴塘拉斯迪吾的人马从羊拉过来，准备在阿东南边攻打禾土司家。这个情况被吉先生的父亲吉庆和当时禾家任千总的禾尚忠土司知道了。经过商量，他们决定先躲避这场争斗，于是两家人把家人及贵重物品暂时转移到了红坡王土司家，即红坡扎拉旺堆家。为防万一，吉先生的叔叔吉福组织了茂顶下苏拉乌及升平镇吉土司家的人马数十人，赶往离阿东河口不远的曲次卡周围设下埋伏。果然赵阿楚请来的巴塘帮手从那里进攻，于是，吉先生的叔叔他们就在扎古卡附近的谷达佳贡一带袭击了巴塘来人马。驼老爷见赵阿楚和海因农没有按时到达阿东，只是稍微进行了抵抗，烧毁禾土司家的房屋后就撤回羊拉去了。吉先生的叔叔吉福他们击退驼老爷带来的人马后，知道已打破了他们夹攻禾土司家的计谋，因此没有追击，从阿东返回德钦。

在路上，到达崩金塘时，遇到了赵阿楚带来的四五十人马，并被这些人马包围。赵、海两人并不知道吉福已击退驼老爷的人马并掌握了他们的计划，为了消灭吉福的人马，海因农出面告诉吉福，说他们要去打土匪，请吉福把他的人马武器借给他们。吉福心里清楚他们的阴谋，告诉海因农说，土匪已经被他们打跑了，如果还要打，可以再带自己的人马去打，武器不能借给他们。

赵阿楚看到吉福这种强硬的态度，知道他们有备而来，觉得与吉福的人马动武也可能占不到便宜，于是出面劝说海因农放吉福的人马回德钦。

赵阿楚、海因农见攻击禾土司家的计划被吉福打乱，很不甘心，回到德钦后得知禾尚忠躲在红坡扎拉旺堆家，就派了 20 多人去红坡抓人。当赵阿楚派去的人马到达佳碧村时，佳碧村的村民阿古得知他们要去红坡抓禾土司，就连夜到红坡去报信。红坡扎拉旺堆家的管家阿鲁安排禾土司离开红坡，去普农顶躲避。第二天，当赵家的人马到达红坡时，红坡土司家也布置好了人马，赵家扑了个空。

赵阿楚他们步步紧逼的情势，让禾尚忠土司非常气愤，他决定到省城告状。几天后就从普农顶出发，经维西去了昆明。到昆明后，向省府告了赵家的状。省府安抚了禾土司，叫他回到属地，同时，还命令奔子栏土司千总王庆栏协助禾尚忠对付赵阿楚。

禾尚忠土司在得到省府的支持和奔子栏土司的协助后，决定向赵家复仇。禾尚忠在返回德钦的途中给吉先生的父亲写信，要他也组织好人马对付赵家。但吉先生的父亲婉言推掉了禾尚忠的请求，并在信中告诉禾尚忠不要把事情闹大。但禾尚忠收到吉先生父亲的回信后，认为吉家要与赵家结亲家，不愿帮忙，就没有听吉先生父亲的劝告，从奔子栏带领 30 多人赶到德钦。到的那天晚上住在吉先生家（在今升平镇），第二天就杀了海因农。之后，奔子栏王千总也带领人马赶到了德钦，准备攻打在贡水的赵家。赵阿楚知道后，连夜逃往四川得荣。禾尚忠和王庆栏到贡水后，发现赵阿楚已经逃跑，就把赵阿楚的家眷抓来关在吉先生家。后来经多方向禾尚忠劝说、求情，赵阿楚的家眷被放回贡水。奔子栏和羊拉的人马也各自回去了。

第二年，吉先生的小姑姑出嫁，吉先生的父亲去红坡扎拉旺堆家取寄在那里的财物。那时，赵阿楚也带着德荣八里、比瑞等地的 40 多个帮手回到了贡水，准备与禾尚忠谈判。吉先生的父亲从红坡取回寄放的物品，返回升平镇家里，在贡水西拉农巴家过夜。此消息被赵阿楚得知，认为只要抓住吉先生的父亲作为人质，与禾尚忠谈判就有了有利条件，还有可能让禾尚忠交出德钦的权力，让德钦成为自己的地盘。于是，那天深夜，赵阿楚带领人马去西拉农巴家抓吉先生的父亲吉庆，并命令手下一定要抓活的，不能打死。不幸的是，当赵阿楚的人马到达西拉农巴家时，忙乱中躲避在西拉农巴家仓库中的吉先生的父亲被海因农的女婿发现并开枪打死。打死吉先生父亲吉庆的事让赵阿楚十分震惊和担心，差点杀了海因农的女婿，但杀了他也于事无补。他心里明白杀了德高望重的吉庆，吉家的人一定不会听之任之，赵家不但没能用人质要挟禾尚忠，还给赵家招来了杀身之祸。于是，连夜召集所属各村的头目，商议攻打吉家，并谎称已从得荣请来了很多人马，叫各村每户都出一人前去攻打吉家。许多村民和赵家的卫队在半夜包围了吉先生家。当时，吉先生家只有他祖父吉祥云、叔叔吉福、吉应生及先生等家人在家，武器也只有几把九子枪，由于房屋坚固，双方僵持到第二天中午都没分出胜负。同去的村民看久攻不下，也不见得荣的人马，知道上了赵家的当，纷纷四散离去。剩下赵阿楚和他的几个卫队队员也只好离开，为了躲避吉家的追杀，他们躲进了德钦寺。

吉先生家依靠坚固的房屋躲过了赵家的突然袭击，避免了一场血光之灾。几天后，几个阿东村的喇嘛到吉先生家报信，告诉他们家赵阿楚和他的卫队躲在德钦寺。为了报仇，吉先生的祖父和叔叔吉福与禾尚忠商议，准备攻打躲在德钦寺的赵阿楚。同时，吉先生家还从茂顶德本达吉（土外委）和奔子栏王千总那里获得支持，组织了100多人的人马前去攻打躲在德钦寺的赵阿楚。这次攻打，吉家做了充分准备，用200个半开买通了德钦寺的三个喇嘛，准备里应外合。因此，当吉家的人马到达德钦寺后，不费吹灰之力冲进寺院并包围了赵阿楚他们躲藏的房舍，经过激战，赵阿楚和海因农的女婿被乱枪打死。第二天，吉先生的叔叔吉福又带人到贡水赵阿楚的家，放火烧毁了赵家的房屋，以此报杀兄之仇。

后来，赵阿楚的弟弟赵吉英为了复仇，从西藏盐井找来人马，相继掳走了禾尚忠的妻子、母亲、两个女儿以及吉先生的姐姐等，以此作为要挟，要禾、吉两家赔偿数千银元，由于数目过大，并没能得逞，其间还发生了升平镇民团驱赶赵家派来取赔偿银元人马的战斗。直到第三年，德钦设治局为了调解禾、赵、吉几家的矛盾，设治局下属的独立连牵头，邀请了德钦寺、红坡寺的喇嘛活佛组成调解人马，出面召集他们三家的相关人员，进行了调解。最后，达成协议：禾、吉两家不再赔款给赵家；赵家的房屋由三乡一镇重建，远的乡镇出钱，近的出工；赵吉英从得荣搬回贡水。同时，双方还立下了字据，保证今后不以任何借口挑起事端，互相残杀。

这些事情让人感觉颇具传奇色彩。但这确实是真事，让人深感惨烈和痛心。今天想来，在那个时代，阿东村、阿东人，甚至整个德钦都参与到了几大土司之间的械斗中。无论是百姓，还是土司，都付出了血的代价。但血的代价并不能阻止争斗的继续。1938 年，阿东的土司禾尚忠因维护阿东村组织的保商队，而命丧由驻升平镇独立连、贡水伙头赵正雄、升平镇王文选的人马之手。[①] 为争权夺利引发的仇杀一直持续到了 1949 年才得以结束。

进入阿东村的道路并不平坦，道路中有许多凹凸不平的大坑，有的地方还留有被河水冲刷淹没过的痕迹，是一条伤痕累累的土石路。走在这条伤痕累累的村道上，斯那都基讲起了他的心愿。

作为阿东村副主任的他，一直以来都想要修好这条路，为阿东村做一件事，但苦于找不到资金，一直未能实现这个愿望。这次我们去阿东村，他希望我们能把他的这个愿望让更多的人知道，也许有一天，某个机构愿意帮助他们来修好这条出入村庄的道路。他想，如果这条路修好了，阿东村的旅游也可以开发了。就像 20 世纪 90 年代初，因为阿东

① 详见《德钦县志》编委会：《德钦县志》，252 页，昆明，云南人民出版社，2011。

村丰富的森林资源，阿东成为德钦县的林区，为开发阿东的森林资源，阿东村的公路应运而生。虽然公路是为了拉运木材而修建的，但是对于阿东村的村民而言却有着极其不同的意义。因为林区公路的修建，打破了阿东村在214国道修建后被边缘化和与外界隔离的状况，许多村民因为林区开发有了收入。还有村民进出村庄，特别是到县城升平镇就不用花一天的时间跋涉于茶马古道之上，可以乘班车花不了一个小时就到达县城。由于这条路是用来拉木材的，重车压过之后，变成了如今这般模样。1998年天然林全面禁伐后，村路上的喧嚣和热闹已不存在，但这条满目疮痍的土路依然承载着阿东村兴旺发达的希望，如果村里的公路能修整为平坦宽阔的柏油路，阿东也可以像明永村那样发展旅游业。

说起开发阿东村的旅游时，斯那都基满脸兴奋地讲起了阿东村的故事。

阿东村是大鹏鸟的圣地，村里普瓦的山里有大鹏鸟的驻地。在藏传佛教中，大鹏被称为“霞琼”或“琼青”，汉语通常译为大鹏金翅鸟。在藏传佛教中，它是殊胜的本尊之一，是一切智慧忿怒的部主，也是成就事业、降伏阴邪“鲁”等神祇及各种蛇妖病怪的锐利武器。大鹏金翅鸟是三世诸佛智慧与方便的显现，是如意宝、单珍优伍布美之一切事业的象征。大鹏鸟有世间大鹏鸟、化身大鹏鸟与智慧大鹏鸟三类。

在阿东村居住过的大鹏鸟是智慧大鹏鸟。传说智慧大鹏鸟是在无量劫以前出现的。那个时候有个转轮王，它膝下有 1003 位太子。这 1003 位太子都发了殊胜菩提心的誓，后来他们在佛陀前精心承侍，其中 1000 位太子因发愿为利益一切有情众生而成佛。剩下的三个太子中有一个发愿：我的兄弟们成为千佛时，我愿护持他们的教法并且降伏魔众；另一个太子发愿到那时将成为他们转法轮的施主；最小的太子发愿成为调伏千佛刹土中最凶戾众生的人。后来，发愿千佛出世时护教、降魔的太子成为了金刚手菩萨；发愿成为转法轮的施主的成了三千世界之主四面大梵天；发愿调化千佛刹土中的最凶戾众生的成了智慧大鹏鸟。因此，智慧大鹏鸟是住地菩萨乘愿而来的。千佛刹土中最为凶戾的生灵是“鲁”类，智慧大鹏鸟由于它往昔的愿力，成为在千佛刹土中降伏“鲁”类能手。后来它在这一劫结束时，还成了上方世界中的佛，佛号为“顶髻无尽智慧光源如来”。

据说那时候的阿东村，备受“鲁”类的烦扰。村里有极难治愈的皮肤病人，特别是麻风病，发愿调化千佛刹土中最凶戾众生的智慧大鹏鸟看到横行阿东的“鲁”类，便来到阿东帮助人们镇伏“鲁”类，消除各种“鲁”病。因此现在阿东村的几处温泉因得到智慧大鹏鸟的加持，具有百倍的治愈各种“鲁”病的功效，特别是一处名为“霞琼”的山洞温泉，据说这个山洞温泉便是智慧大鹏鸟在阿东修炼和居住的地方。因此，阿东成了大鹏鸟的圣地。这便有了前面我们说过的，在阿东河河口那段岩石峭壁地段有红色大鹏鸟护持的传说。因为，那两条横卧于阿东河河口的巨蟒就是“鲁”的化身，为了调伏它们，由红色大鹏鸟在那里镇压它们，但“鲁”类那种伺机制造各种危害的禀性很难解除，只要一有机会便会卷土重来，因此，后来卡瓦格博对巨蟒进行了彻底的镇压。

这让人想起莲花生大师来到藏地弘扬佛法时的一个故事。

莲花生大师在修建桑耶寺时，当降伏了大部分妖魔鬼怪后，观察是否还有未调伏的鬼神，发现除了“鲁” 之外，所有鬼神都被调伏了。“鲁”的身体已被正在建造的经堂镇压，语言也已被调伏而依佛教奉行，然而“鲁”的心却未被调伏，仍在伺机制造各种祸害。

于是莲花生大师在桑耶寺的青普地方进行了七天七夜的大鹏鸟法修炼，之后便用法力展开调伏“鲁”心的战斗。大师持力击中它们的要害，以致恶鲁无法忍受，化为十三个骑白马的白人去赤松德赞王前求救：“大王，请您向莲花生师求求情，放我们一马吧，您需要的木料我们可

大鹏金翅鸟

以供奉。”

当时桑耶寺的建造正需要大量的木材，于是赤松德赞王立即赶去桑耶寺，结果看见一只红色大鹏鸟擒着两条大蛇，嘴叼着，爪抓着，那两条蛇发出刺耳的叫声。赤松德赞王见到这个场景，知道那只红色大鹏鸟是莲花生大师变化的，立即向他顶礼，请求饶恕这些“鲁”类，并道明原由。大师松开那两条蛇，饶了它们。

据说如果调伏了鲁的心，会获得比木料更大的益处，但大师却没能完成调伏，所以还会流行各种各样的“鲁”病。

为了众生后代受益，莲花生大师创造了许多大鹏鸟修习法，比如白色大鹏鸟是身部大鹏鸟；红色是语部大鹏鸟；蓝色是意部大鹏鸟；黄色是功德部大鹏鸟；绿色是事业部大鹏鸟；花色是殊胜智慧部大鹏鸟。莲花生大师不但广为传此修习法，而且在金刚磐岩、吉祥湖或坚固的宝箧中藏了伏藏。并留下授记："到时间、缘起具足由化身的伏藏大师开取而利益众生。"

后来，许多地方找到了有关的伏藏，特别有名的要数传说中赤松德赞的转世化身泽嘎朗秋多吉仁波切，他在宁古寺开取的大鹏金翅鸟修法仪轨。

大鹏金翅鸟不仅包含了藏传佛教密宗里的"洗价旺扎"，即息、增、怀、伏四事业的深广含义，而且又代表三世诸佛的身、语、意的功德。因此，大鹏金翅鸟可以作为上师、本尊来祈祷，也可作为护法空行来供养。

斯那都基边讲故事，边把我们带到了下阿东小学。学校是个简洁干净的院落，大致成长方形，院子的一半是球场，另一半的挡头是几间平房教室。特别的是，这几间平房的造型完全是藏式民居的夯土墙建造的，房屋比较低矮，窗户狭小，采光不好。这种房屋来做校舍，那个时候已经很少见了，土墙上留有雨天漏水的痕迹和狭小的窗户，让人有回到20世纪五六十年代的感觉，虽然整洁朴素，但是看上去建造的年代已经很久了。我想起西当村的小学校舍，与这完全是两回事，那里有高大的砖瓦房，窗明几净。

我们的到来，学生们有了暂时提前下课的机会，他们蜂拥着出了教室，有的像小鸟般叽叽喳喳地在院子里嬉笑打闹；有的围着我们看稀奇。斯那都基向我们介绍了学校几个老师的大致情况。下阿东小学只有4个老师，学生170多个，校长名叫中都基。由于阿东村比较分散，整个片区有5所小学，其中2个是完小，3个是一师一校的小学。下阿东小学和村公所所在地的小学是完小。由于经费有限，学校的校舍一直都是在原有的基础上修修补补，未能新建更好的教室。像下阿东小学，大多数校舍都是村民出义务工修建、修补的。斯那都基还在为今年冬天又要修补经常漏雨的屋顶派义务工的事情发愁。由于年年都要对校舍进行修缮，年年要派义务工，搞得这个村副主任有点不好意思。但他们更担心这样需要经常修缮的校舍会有什么意外发生，斯那都基和老师们很希望像其他村子那样有人来帮助他们修建钢筋混凝土的校舍，建成希望小学，改善一下村里学校的状况。在卡瓦格博地区或其他的许多地方，村里最好的房屋几乎都是学校，特别是近些年，教育部门或许多机构都加大投入，捐资助学，改善学校的硬件设施，兴建了许多新的校舍，有了许多因捐资助学而命名某某某希望小学的学校，看来阿东村还没有这样的机会。

听着他们的介绍，我明白斯那都基要带我们来小学的原因了。前不久，我的同伴保布先生他们找到一笔资金，帮助溜筒江村重修了那里的小学，斯那都基也希望能有这样的机会和运气，能帮到阿东的孩子们。我想他此时的心情不仅是作为一个村副主任的责任，更多的是一个阿东人的心愿吧。

离开下阿东小学时，已经是上午 9 点多了，我们去了大鹏鸟圣地——霞琼。沿阿东河乘车 20 多分钟到达河西岸的阿东村村公所贡卡后，除了几条通往昔日林区的公路外，没有前往“霞琼”的公路。斯那都基怕进山迷路，还请了两位村里的牧人与我们同行。

走出村公所所在地贡卡不久，我们来到了一个名叫“贡日崖贡”的山谷口。这里地势较高，可以看到阿东村北边的大多数山峦向这里汇聚过来。真是名副其实，“贡日崖贡”的意思就是山谷交叉的上面。在这里不但各条山峦向这里汇聚过来，而且阿东河众多支流也汇聚在这个山谷下，地势十分险要。向北是通往西藏、德钦羊拉等地的山路；向南是茶马古道的必经之路，是兵家必争之地。在土司管理阿东的时代，这里不但发生过土司之间的械斗，而且在1957年土匪武装叛乱时，叛乱分子与中国人民解放军也曾在这里发生过激战。眼前万山静默，秋风习习，一切都是那么的平和宁静，但当年的血雨腥风仍留在了阿东人的记忆中。

从贡日崖贡关口向下而行，我们完全穿越在了原始森林中。脚下草深林密，几乎看不出有道路的痕迹，我想象着若一旦走失在这深山老林，根本辨不出东西南北，也许会越走越远，难怪斯那都基要叫上村里最为熟悉这片丛林的牧人与我们同行。也不知翻越了多少道山梁，但总会与一条河流相遇，时而满是山林，时而又到了河岸上，终于在下午2点多钟，在两山相夹的一条溪流中，看到溪水中长着的树木上挂满无数飘扬的经幡。斯那都基指着那些树木告诉我们，已经到了霞琼圣地。但怎么看，也没有想到大鹏鸟圣地竟然会在一个如此狭窄的谷底，这个谷底除了一两米宽的河岸和一条十来米宽的河面外，便是谷底两边的石壁和长在石壁上的树木。

不曾想，里面却别有洞天。当从河西岸趟水进入河里，才发现在那挂满经幡的树木旁，河水是由两股流水汇合而成的，从北边流来的那股溪流清澈见底；从河西岸的一个山洞里流出来的那股流水成清白色，不时还漂浮着一些清白色的漂浮物，一股淡淡的鸡屎味漂浮在水汽中。奇怪的是，我的脚感觉到这水怎么了，一脚热，一脚冷。斯那都基让我们把随身携带的包、不能着水的东西，还有外套放在岸边，要带我们进洞去看。虽然照着他说的去做了，但心想河水也没过膝盖，里面的水不会太深。当弯腰进入高不过一米的洞口，蹲伏涉水进入山洞后，里面漆黑一片，先进去的斯那都基他们点燃了准备好的蜡烛，在朦胧的烛光下看到山洞内像个大店堂，看上去可以容纳四五百人，洞内热气缭绕，完全是一个山肚子里的温泉，过了洞口温泉水深及人的颈项，烛光中可看到洞壁上天然形成的熔岩壁画，有的像云，有的像雾，非常奇特；洞尽头有三根形似金刚杵的石柱，据说来这里朝圣的香客视其为宝塔，在温泉里不停地围着它们绕圈。这个山肚子里的温泉，就是传说中智慧大鹏鸟为了消除“鲁”的恶业，来阿东时修炼和居住的地方。因为它的功德，据说岩石上的泥土有很强的消炎作用，温泉水能医治风湿、麻风等“鲁”带来的疾病。这里还成了许多高僧大德修炼的圣地。据说在拂晓时分，洞内还能听到鸡鸣和喇嘛打鼓念经的声音。当卡瓦格博地区成为胜乐金刚乐园时，这里也成为朝拜智慧大鹏鸟的圣地。

连接升平镇和西藏的古道

顶着漫天的星星回到下阿东时，已经是晚上 9 点多钟了，一身的疲惫让人很快进入了梦乡。清晨，一阵有节奏的打酥油茶声唤醒了我，知道是房东央宗大妈在准备早饭，今天还有六七个小时的山路要走，不敢赖床，很快起来拿上洗漱工具去大门外的溪边洗脸。

大门外那条溪水依然清澈白亮，和去年一样，只是 10 月份的山水已经有点冰凉，溪边几株高大的核桃树的叶子由绿转黄，打上了秋的颜色。记得 2000 年 8 月来阿东时，央宗大妈家因为承包了阿东村种植玫瑰蜜葡萄的果园，因此，茨中村的酿酒高手刘文增老人与他们家合伙共同酿酒出售。所有的葡萄都在这水沟边洗净后，在这水沟边完成人工榨汁的。说来有点奇妙，原本是 19 世纪来德钦的天主教传教士带来的法国葡萄与当地茨中的野葡萄嫁接后，在茨中教堂种植的玫瑰蜜葡萄，在茨中除了教堂果园里栽种了两亩外，村里并没有更多的种植，但在阿东村却有一个 30 多亩地的果园来种植，那是合作社时期专门从茨中引来葡萄苗特地开辟的。这片果园在 1980 年包产到户后，并没有进行分配，一直保留到了今天。去果园时，发现那片沿阿东河河谷的果园其实没有任何的管理，葡萄藤任意地滋生着，似乎很少修剪，葡萄树下的杂草有膝盖深，但葡萄长势良好，觉得那里真的适合这种葡萄的种植和生长。

大约从2003年开始，由于德钦县把种植葡萄作为产业之一来培育，于是种植玫瑰蜜葡萄成为整个德钦澜沧江沿岸村庄的产业发展起来，在适合栽种葡萄的地方，大多数农户把自己的一半农田拿来种植葡萄。自然，阿东村过去几乎没有多少收入的果园也成了香饽饽，许多村民都想承包。

从阿东的茶马古道去德钦县城升平镇，通常需要步行7个小时。吃过早饭，我们出发了。从阿东去升平镇古道的路口就在央宗大妈家门前的溪水边，这是一个三角形的路口，路口的西边是央宗大妈家的新房子，北边是她家的老房子，东南是村里设在路口的烧香台和嘛呢堆。我们也像从这里离开村子的人那样，在烧香台焚香祈祷，转绕嘛呢堆后拜别了阿东村。

古道缓缓沿着东边的山梁向上，山梁下是流入阿东河的一条支流，水声响彻整个山谷。古道并不难走，几乎都是缓坡。山梁上的古道旁不时有绵延两三百米的嘛呢石堆，看上去有的是近年来才慢慢堆起的，可以看到嘛呢石刻上的刻刀痕迹和鲜艳的涂料；有的则已经年累月，嘛呢堆中插着的木质宝柱已经腐朽，嘛呢石上布满青苔，字迹模糊，甚至有的嘛呢堆中长出了树木。据说这些嘛呢石堆是阿东村最古老的见证古道历史的证据，自从人们开始朝拜卡瓦格博胜乐乐园起，这些嘛呢堆就开始出现了，历史非常悠久了，这样壮观的嘛呢堆群在卡瓦格博地区很少能够见到。之所以这里会堆起那么多的嘛呢堆，还与阿东村最大的神山有关。

阿东村最大的神山名叫“冬青杰播”，是阿东二十四个自然村共同供奉的神山。神山就在下阿东村前往升平镇茶马古道的南边，古道和神山几乎是并肩而行的，只是中间被那条湍急的河流深谷隔开了。冬青杰播的意思是大力王，传说他是一个脾气暴躁容易发怒的厉神，人们要时时供养他，才能讨得他的欢心和保护。阿东村民除了每天清晨用焚烧香柏来向他祈祷的方式供养他以外，还在经过他面前时堆放嘛呢堆向他祈祷，同时那些成百上千途径古道的商客、香客也以堆放嘛呢石的形式供养他，向他祈祷，祈求他的保护。

最为特别的是，在冬青杰博神山的左足上有一座天然形成的佛塔形状的黑色山丘，人们称它为“取登纳播”，意思是黑色佛塔；右足上有一个佛塔形状的白色山丘，人们称其为“取登格播”，意思是白色佛塔，据说这两个山丘真的是两个佛塔，是属于千部鬼神的佛塔。

在与冬青杰播神山北端相连的另一座大山上有一片松树林，远远看去，林中有一高一矮两尊灰白色石柱，像两个个子高挑、披着长发的女子。相传高的那个是卡瓦格博的女儿“格青”，汉语意为“大白”；矮的那个是她的丫鬟“格琼”，汉语意为“小白”。传说卡瓦格博为了让冬青杰博安心守卫胜乐金刚乐园在阿东的地域，把自己的一个女儿嫁给他。当这个女儿及其侍女来到那片松树林的时候，刚好鸡叫头遍，东方的晨曦泛着金光，她们向家乡的方向眺望，看到了父亲率领的众位金刚乐园的守卫者屹立在她俩的西南方，为了能时时看到父亲及家人，于是她俩即刻化身为两尊面向西南边的石柱。从此，冬青杰播便与卡瓦格博的女儿一起守护阿东。

当翻过出村的第一道山梁，古道渐渐向河谷而下，来到一个名为扎古顶的地方。那里地势险要，古道从几个形如帐篷的巨大岩石缝中钻过，十分陡峭，岩石下是乱石林立的深谷和湍急的河水。因为这里的岩石好似一顶顶帐篷，因此被称为“扎古顶”，意思是岩石帐篷之上。这里就是前面吉如松先生讲到他叔叔设伏赵阿楚巴塘来人马的地带。通过岩石夹着的狭道后，可以看到一处土夯房的废墟，村民们把那废墟叫做“扎古夹哼”，意思是“在扎古的汉人的家”。据说 1949 年以前这里曾是政府所设的税卡，那房子的废墟是当时收税官吏们居住、收税的地方。有关这个税卡还有个惊悚的传说。相传深谷对面的山坡上住着一个罗刹女，她的乳汁非常多。有个汉族税官的儿子，每天都在岩石中玩耍，这个罗刹女就给这个小孩喂许多乳汁。吃了她的乳汁，这个小孩长得白白胖胖，又高又大，与一般的小孩不同，后来罗刹女就把小孩给吃了。这个罗刹女其实就是居住在阿东河河口的那个。

越向南走，挟着古道的山谷渐渐向东西两边分开，在一片林间草地的起点，有个名叫“曲崩瓦”的地方。这是阿东村在茶马古道上一个神奇的地方，有水从山坡上慢慢渗出，渗出的水形成了一条小溪，渗水的地方大约有一两个平方米。据说人们曾在有水渗出的地方听到里面有鸡鸣、狗叫、念经打鼓的声音，寻声去寻找，却没有找到。因此，人们认为古道旁的山谷中有个被隐藏着的村庄，就是传说中那种被山神隐藏着的“日搞”村。更奇特的是，人们发现这个地方的那条小溪，每当阿东村春耕夏作，需要用水灌溉农田的时候，小溪就会干涸，而村里农闲时节小溪则溪水潺潺，无穷无尽。人们认为村里农忙时，也正是那个看不见的村庄农忙用水之时，所以溪水有了这样的变化。

在“曲崩瓦”附近还有个怪石嶙峋的峭壁，峭壁的岩石是深褐色的，岩石上深深浅浅印着许多人的脚印。据说这些脚印与明朝时丽江的统治者木天王斯那饶丹有关[①]。传说那个时候木天王想要占领藏区，沿澜沧江北上，边打仗边在占领地区进行屯田。有一次木天王斯那饶丹经过阿东去占领地盐井的时候，他和他的卫队在曲崩瓦宿营，半夜里突然遭到了不明来路人马的突袭，慌乱中木天王斯那饶丹在卫队的保护下，爬上了这片怪石嶙峋的峭壁。木天王他们占据了地势较高的峭壁，从上面使用火枪攻打来突袭的人马，突袭者虽然奋力爬上峭壁进行强攻，但是终因木天王处于有利地势，没能击败木天王。在鸡叫头遍的时候，那些突袭者烧毁了搭在峭壁下的宿营地后，突然消失不见了。天亮后，木天王及其卫队从峭壁上下来，发现峭壁上留有深深浅浅的许多脚印，整片峭壁已被烟火熏成了深褐色。

沿着“曲崩瓦”向前行，脚下的路全是青色岩石，一个个嵌入山谷的石头上留有深深的马蹄印，那是茶马古道在成百成千骡马的踩踏下留下的痕迹，让人感受到古道的沧桑岁月。这段岩石路上有个名叫“牡界耷界”的地方，其意义为“人和马的印迹”。这是山谷中稍微开阔的一个地方，古道已沿河岸而行。在河岸旁的石壁上有个巨大的人的后背

---

① 木天王斯那饶丹即明代丽江土司木增。

印迹，河边的一块大石头上留有人的脚印和马蹄印，离这里 10 米左右的石头上有深深的人的手指印迹。据说这些痕迹是阿东村的神山冬青杰博与昌都的帕巴拉活佛斗法时活佛留下的痕迹。传说，山神冬青杰博定下规矩：所有经过阿东村茶马古道的人，无论是老百姓、商客，还是僧侣、贵族，从村口到扎达让之间都必须下马步行。老百姓都遵从这一规定行事。但后来有一次昌都的帕巴拉活佛由阿东前往升平镇时，没有遵守这个规定，而是骑马前行，他的行为惹怒了山神冬青杰博。于是他俩就在这里展开了激战，激战中帕巴拉活佛背靠河岸石壁，脚踏岩石用其惊人的神力把冬青杰博山神从神驹上推下了河沟，山神大败。激战结束后，人们发现在活佛背靠的岩石上留下了他的背部印迹，他骑马推下山神冬青杰博的地方留下了他的脚印和坐骑蹄印，在奋力激战时河岸边的岩石上留下了指印。当斯那都基比手画脚地给我讲述这个故事时，可以看出人们对于帕巴拉活佛的法力深信不疑和对他敢于挑战山神的崇敬。

过了牡界耷界，夹着古道的山谷渐渐向东西两边分开，古道开始沿着南边山峦脚下的开阔草甸延伸，那条流在峡谷中的阿东河支流则沿着东边的山脚缓慢流淌，东边山峦上长满了栎树。这是一片长条形的高山草甸，草甸上水草丰美。草甸称为“崩经塘”，意思是草地的装饰。

传说这里也是卡瓦格博巡游胜乐金刚乐园时的牧马场。

记得去年8月从这里经过时，河岸东边的草地上用木板和塑料布搭满了窝棚，央宗大妈告诉我："这些山林是他们阿东村的银行。"问过原因，才知道，原来这些长满栎树林的山峦盛产松茸菌。现在的阿东村，除了少数人去外面打工外，大多数人的收入主要就靠每年6月底到9月份在这些山林中找寻松茸菌出售。这些山林就像人们存钱的银行，每年夏天都可以从里面取到生活费用，而那些窝棚是上山捡松茸的村民搭建的临时住所。同时这里又与他们的生活息息相关，是村里的夏秋牧场。那些窝棚中有几个盖得特别好，不用塑料布遮盖，全部由木楞搭建的，是牧人的牧棚了。

在这片开阔的高山草甸中，有个名叫"新纳塘登"的地方，草地上长了一片不同种类的树木，与周围山林的树木很是不同。树木种类特别多，甚至发现里面竟然长有大树黄连，有的树木虽然已经老得树干裂开分成两半，但是依然有新叶发出。据说在这片树林中可以看到阿东村山林的所有种类的树木，因此被称为"新那塘登"，意思就是生长各种树木的草坝。遗憾的是有许多树种在"文化大革命"时被毁了。在树林的东南边还有一眼泉眼，一股清澈的泉水从林中流出，那里被称为"纳曲塘”，意思是“有树林之水的坝子”。这眼泉水旁的树木上挂有新旧不一的彩色绸布条，看上去是做什么仪式用的。原来这一片树林是阿东村的神林和神泉所在地，遇到干旱年景，阿东村村民要来这里求雨，通过举行祭拜神林和神泉的仪式祈求“鲁”神降雨。

整个崩经塘的尽头在那个名为扎达让的地方，到达那里我们大约用了两个多小时。扎达让其实是一堵长约百米的高大巨石，它横亘在崩经塘的东边。巨石的形状就像一把藏族妇女织布用腰机的线板，因此被称为扎达让，意思是像织机线板的岩石。这个大岩石也是阿东村山神冬青杰博规定下马步行的界线点，走过这个岩石，向南到德钦的人就可以骑马前行，而向北去阿东的则要下马步行。尽管如今途经阿东村的香客或是商旅已经少之又少，但阿东村的村民和途径此地的人们还是一直遵守着这个规定，每当经过山神规定的界线时，都下马步行。

10 月份的崩经塘非常漂亮，黄的、红的、绿的各种树叶一层层像天边的彩带，环绕着整个坝子，潺潺的溪水在阳光下唱着山歌，草地上的牧草已经发黄，金灿灿一片，时不时吹来丝丝略有寒气的秋风，很是惬意。这一路下来，似乎所有这样漂亮的，让人流连忘返的地方，都与卡瓦格博有关，所有漂亮牧场都是卡瓦格博的牧马场。

过了崩经塘，古道开始向南边的山峦缓慢向上，那条山峦名为“珠拉”，意思是成就之山。据说朝拜卡瓦格博胜乐金刚乐园的外转经香客只有翻越了珠拉才能获得圆满功德，如果不能翻越珠拉山，就会减少念诵一亿遍六字真言的功德。由于在路上不时停下来忘返于古道的景致，在太阳西下的时候，我们才到达了珠拉山上的阿东垭口“东拉卡”。“东拉卡”是阿东与德钦升平镇的交汇处。站在垭口，垭口上的拉赞和嘛呢堆古朴而神秘，不知见证了多少南来北往的香客、商旅，夕阳下眼前的山峦熠熠生辉，树木苍翠。到达这里的香客，可以在这里朝拜噶丹德钦林寺旧址、德钦林寺的护法神“日尼登松咸玛”山和“直吾尼布”神山。传说日尼登松咸玛山和直吾尼布神山是圣地卡瓦格博在东方的财富宝库，连接这两座山之间的山梁被称为“诺布岗”，意思是宝贝岭。翻过垭口不久，我们便来到了诺布岗上，向远处眺望，千山万壑尽在眼底。斯那都基指着眼前的山峦告诉我们，在诺布岗上可以看到德钦县境内的所有神山，从诺布岗向下是到德钦县城的路口，向上最北边可以看到滇藏交界处的拜布永岗；诺布岗向东可见羊拉纳苍拉山，南边则是纳西人居住的地方姜浪卡，向西可见西藏的察瓦绒则岗。朝着他指的方向看去，虽然不知道具体是哪里，但眼前确实可以看到很远的地方。正因为如此，德钦寺每逢举行供奉护法、祭祀山神的活动，都要在珠拉的诺布岗上举行。

当我的同伴美国科学家 Bob Mosely 先生拿出 1923 年美国探险家洛克在诺布岗上拍下的老照片时，眼前的景物真是令人感慨，有物是人非的感觉。眼前德钦县城升平镇的房屋已经建满了整个山脚，诺布岗上西北边的那片房舍没了踪影，整个山谷的自然景致却变化不大。那片消失的房舍，就是上文提到的吉先生叔叔的人马与赵阿楚的人马交战的德钦林寺旧址。从照片上看，当时寺院的规模很大。

当我们来到德钦林寺旧址时，夕阳只有零星的余晖照在附近几座山峦上，噶丹德钦林寺旧址的废墟在夕阳的余晖中显得异常孤独，剩下的大殿残墙中朝圣香客留下的经幡提醒人们，这里仍然是转经朝圣的地方。

据史料记载，德钦寺原名为“聚扎仓”，是一座噶举派的寺院，原址在今天县城南平街附近。1674 年，五世达赖喇嘛和蒙古和硕特部建立噶丹颇章政权不久，藏区各地的其他藏传佛教教派的政治势力掀起了反抗格鲁派政治势力的斗争。迪庆地区中甸土酋甲加家与噶举派大寺嘉夏寺联合与蒙蕃兵对抗，德钦寺作为噶举派在德钦地区的一个寺院，也加入到了反抗的队伍中，最终这些反抗者受到了蒙蕃联军的严酷镇压。德钦寺于1674年被强令改宗为格鲁派寺院，并于藏历火龙年（1676年）五世达赖赐名噶丹德钦林，由巴塘选派拉那寺、向丁寺的格西洛桑扎西、格弄洛桑群培等20多人传法。1680年，五世达赖喇嘛选派拉萨哲蚌寺格西昂旺墨朗为德钦寺与红坡寺、东竹林三寺的总主持喇嘛。

1905年，德钦寺参加了反洋教（天主教）入侵的“阿墩子”教案，清朝廷派千余营兵镇压，焚毁了寺院烧毁。1908年迁到县城西面的诺布岗上进行了重建，就是眼前的废墟所在地。据说这片废墟上建有一座大殿，内有三丈高的一尊强巴佛镀金铜像，大殿四周有僧人房舍和活佛静室47所，寺院由约高三米的夯土墙围护。就是洛克留下的图片中的德钦寺。

“文化大革命”时期，建在诺布岗上的德钦林寺被毁，1990年经人民政府批准重建德钦寺，寺址迁往距县城三公里地的吉姆措湖边。

走出荒废的德钦寺旧址，山道蜿蜒而下，步行不久我们进入了一个名叫谷松的村庄。这个村庄是德钦寺在1908年搬迁到诺布岗之后才逐渐形成的，村民来自不同地方，大都是德钦寺的佃户。1949年新中

1923年的德钦寺与山脚下的县城（约瑟夫·洛克摄）

2001年10月的德钦林寺遗址与山脚下的县城（ Bob Mosely 摄）

1923 年的德钦林寺的大殿（约瑟夫·洛克摄）

2001 年的德钦林寺的大殿旧址（Bob Mosely 摄）

国成立后，这个村庄归属升平镇。穿过谷松村通往升平镇的古道，夜幕已经降临，看不清四周的景致，脚下古道旁长满高矮不一的栎树丛，时不时从身后的村庄传来阵阵狗吠，我们摸索着回到了满是灯光的县城。

2009 年，我曾去谷松村参加村里白塔落成仪式，再次回到珠拉山上的诺部岗，却惊奇地发现德钦寺旧址上重新建起一座大殿，有点让人怀疑这是否是同一个地方。

2009 年的德钦林寺旧址上新建的大殿（章忠云摄）

2009 年诺布岗下的德钦县城升平镇（章忠云摄）

编后记

德钦县地处青藏高原南缘横断山脉腹心地，也是三江并流世界自然遗产地的核心地区，滇川藏结合部。境内雪岭绵延，高峰耸峙，峡谷深切，江河激流。自然风光雄奇壮美，以秀美的梅里雪山（卡瓦格博雪山）为杰出代表，这里有梅里大峡谷、白马雪山、高山杜鹃林等。延续千年的卡瓦格博朝圣之路和茶马古道蜿蜒于雪山峡谷，绚丽多姿的民族风情、底蕴深厚的民族文化氤氲绽放于这片神奇的土地之上。

近年来，德钦县委、县人民政府制定了“扮靓德钦五年行动计划”，要求用心、用情、用力、用爱，以不忘初心、砥砺奋进“讲好梅里雪山故事”。在各项举措之中，推动文化艺术和科研的工作尤见重视。落实了县文联人员配备，批准组建卡瓦格博研究中心，并给予工作和项目经费支持。卡瓦格博系列丛书就是在这样的背景之下而出的成果。卡瓦格博系列丛书将逐年推出有关德钦历史、文化、艺术、自然等方面的科研成果、田野调查报告、文学作品，同时推出音乐作品、影视作品。

现在出版的《一路向上》《德钦民间故事》《卡瓦格博史迹——德钦文物集锦》是首批推出的三本书籍。这三本书中，《德钦民间故事》是20世纪80年代国家组织的民间文艺十大集成工程的成果之一，当时作为内部资料印刷，未公开出版。这次正式出版，除删除了三则阿克顿巴的故事外，其他均于保留。本书主编对原文只做了个别字句和标点符号做了修改，尽量保持民间故事的原貌，语言的原味。有关人类起源和历史人物故事在藏区普遍流行，但德钦藏族的版本稍有差异，我们未对其进行“对号入座”，保留了这种差异性的存在，意在努力呈现德钦藏语（尽管是汉译版本，但藏语的表达方式基本保留）的特点和民间叙事方式；《卡瓦格博史迹——德钦文物集锦》为了解德钦的历史文化提供了线索和基本知识，是一本重点书籍；《一路向上》是一本散文随笔集，由七位作家的七篇作品组成，都是书写德钦风情文化的作品。

在这里，要特别感谢著名作家汤世杰先生、白郎先生，著名诗人李承翰先生、高晓涛先生，民族学专家章忠云老师，著名藏族音乐人东子先生，以及德钦本土作家陈建平先生。感谢本土文化专家斯那农布先生和此里尼玛先生的悉心指导和帮助。

编者

2017 年 8 月

图书在版编目（CIP）数据

一路向上 / 德钦县文联编；汤世杰等著 . -- 北京：民族出版社，2017.9

（卡瓦格博系列丛书 / 马彩花主编）

ISBN 978-7-105-15029-8

Ⅰ. ①一… Ⅱ. ①德… ②汤… Ⅲ. ①随笔—作品集—中国—当代 Ⅳ. ① I267.1

中国版本图书馆 CIP 数据核字 (2017) 第 236690 号

一路向上

策划编辑：杨蜀艳
责任编辑：杨蜀艳
出版发行：民族出版社
地　　址：北京市和平里北街 14 号
邮　　编：100013
电　　话：010—58130098（编辑室）
　　　　　010—64224782（发行部）
网　　址：http://www.mzpub.com
印　　刷：三河市华东印刷有限公司
经　　销：各地新华书店
版　　次：2017 年 12 月第 1 版　2017 年 12 月北京第 1 次印刷
开　　本：787×1092 毫米　1/16
字　　数：190 千字
印　　张：14.75
定　　价：55.00 元
书　　号：ISBN 978-7-105-15029-8/I · 2874（汉 2802）